紫颜色

The Color Purple
Alice Walker

[美]艾丽斯·沃克 著

陶洁 译

图书在版编目（CIP）数据

紫颜色 /(美)艾丽斯·沃克著；陶洁译. -- 广州：花城出版社, 2023.3（2024.5重印）
书名原文: The Color Purple
ISBN 978-7-5360-9808-4

Ⅰ.①紫… Ⅱ.①艾… ②陶… Ⅲ.①长篇小说—美国—现代 Ⅳ.①I712.45

中国版本图书馆CIP数据核字(2022)第223097号

The Color Purple by Alice Walker
Copyright © 1982 by Alice Walker.
This edition arranged with The Joy Harris Literary Agency, Inc.
Through Big Apple Agency, Labuan, Malaysia.
Simplified Chinese edition copyright © 2023 Ginkgo (Shanghai) Book Co., Ltd.
All rights reserved.
本书中文简体版版权归属于银杏树下（上海）图书有限责任公司。

著作权合同登记号：图字19-2022-155号

出 版 人：张 懿
出版统筹：吴兴元
编辑统筹：尚 飞
责任编辑：刘玮婷
特约编辑：郝晨宇
营销编辑：张小莲 陈高蒙
责任校对：梁秋华
技术编辑：薛伟民 林佳莹
装帧制造：墨白空间·李 易

书　　名	紫颜色
	ZI YANSE
出　　版	花城出版社
	（广州市环市东路水荫路11号）
发　　行	后浪出版咨询（北京）有限责任公司
经　　销	全国新华书店
印　　刷	天津联城印刷有限公司
	（天津市宝坻区新安镇工业园区3号路2号）
开　　本	889毫米×1194毫米 32开
印　　张	9.5　2插页
字　　数	190,000字
版　　次	2023年3月第1版 2024年5月第6次印刷
定　　价	70.00元

后浪出版咨询（北京）有限责任公司版权所有，侵权必究
投诉信箱：editor@hinabook.com　fawu@hinabook.com
未经书面许可，不得以任何方式转载、复制、翻印本书部分或全部内容
本书若有印、装质量问题，请与本公司联系调换，电话010-64072833

导　言

艾丽斯·沃克是当代著名非裔美国小说家、诗人、行动主义者、妇女主义[①]思想的践行者，以及非洲流散妇女主义文学思想的集大成者。沃克多才多艺、成果丰厚，迄今已出版诗集、长篇小说、文集、短篇小说集和传记等多种体裁的作品，各种文类之间相互呼应、彼此互补，共同建构了艾丽斯·沃克精神思想发展的主体框架，呈现了艾丽斯·沃克作品多元文化与多重声音的丰富内涵。

水中跋涉:"做一个名叫摩西的女人"

1944年2月9日，艾丽斯·沃克出生于美国南方佐治亚州的一个佃农家庭，混合了非洲人、切罗基人[②]和欧洲人的血统。父亲威利·李·沃克是欧洲裔美国人，靠种地、打短工为生，收入菲薄；母亲米妮·塔卢拉·格兰特·沃克是非裔美国人和切罗基人的后代，靠给大户白人家当用人补贴家用。夫

[①] 妇女主义（Womanism），当代美国黑人女性主义批评中的一个重要概念，艾丽斯·沃克的"妇女主义思想"有四个鲜明的特征，即反对性别主义，反对种族主义，非洲中心主义和人文主义。
[②] 属于北美印第安民族的一支。

妻养育了五男三女共八个孩子,沃克是家中的老幺。佐治亚州充斥着浓重的种族偏见,白人社会不认为黑人需要接受学校教育,但沃克的父母坚信,教育是摆脱贫困的唯一出路。沃克四岁开始上学,八岁便可在笔记本和田野地头写诗。

也正是在八岁时,假扮印第安人玩耍的沃克被哥哥用玩具手枪误伤了眼睛。母亲找到了一个白人医生为沃克治疗,医生收取了250美元的高额治疗费,却没能治好沃克的眼伤,还雪上加霜地扔给了沃克一句话:"眼睛是相互感应的,如果一只眼瞎了,另一只也很可能要瞎。"[1]多年后,沃克痛彻心扉地写道:"我八岁时的白日梦不是童话,全都是扑向刀剑,举枪对着心脏或头颅,用剃刀割手腕。"[2]沃克开始退隐于孤独,靠读故事书、尝试诗歌创作来化解内心的自卑与痛苦。

1961年,十七岁的沃克获得一笔残疾人奖学金,进入亚特兰大的斯贝尔曼学院[3]学习。她似乎领悟到了命运与梦想之间的真谛:"如果我不是永远失去了一只眼睛,我就不会有资格获得佐治亚州给'残疾人'的那一笔奖学金。从字面上说,只需要一只眼睛也能走出世界。"在这里,她受到俄国历史学教授霍华德·津恩的重要影响。津恩不仅开启了她阅读俄国文学作品的大门,而且带领她参与美国黑人民权运动。当时正值

---

[1] 转引自王晓英《艾丽斯·沃克:妇女主义者的传奇》,湖北华中科技大学出版社2020版,第9页。
[2] 艾丽斯·沃克《来自一次访谈》,选自文集《寻找我们母亲的花园:妇女主义散文》。
[3] 斯贝尔曼学院(Spelman College),位于佐治亚州的亚特兰大,由哈利特·E.伊莱斯和索非亚·B.派克德建立于1881年,是历史上第一所黑人妇女高等教育机构。

民权运动高涨时期,身为犹太裔白人的津恩却是民权运动的坚定支持者,他亲自组织斯贝尔曼学院的学生举行抗议活动。尽管津恩已获终身教授职位,但还是毫无征兆地被校方解雇,此事促使沃克更全身心地投入民权运动。她还愤然转学以示抗议:"1964年,我从亚特兰大的斯贝尔曼学院逃了出来,来到莎拉·劳伦斯女子学院①,因为我认为斯贝尔曼学院反对变化,反对自由,也不理解大多数女性入学时就已成年了,应该被视为成年妇女。在莎拉·劳伦斯女子学院,我找到了自己一直在追寻的一切——行动自由,轻松读书,走自己的路,穿自己的衣,按照自己的想法过自己的生活。正是在这里,我创作了第一个短篇小说、第一本书……"②

1965年夏天,大四的沃克与一个基地设在佛蒙特州的"国际生活项目试验"研究团队一起赴肯尼亚,其间还帮助建造一所学校。在非洲发生了影响沃克一生的大事:沃克在非洲与前男友重逢,回到美国才知道自己怀孕了。根据美国当时的限制堕胎法,以胎动作为区分,胎动前堕胎是轻罪,胎动后堕胎为二级谋杀。如果堕胎不成,沃克只有身败名裂地退学,此时的沃克想到了自杀。最后在朋友的帮助下成功堕胎后,沃克通过诗歌创作来倾诉自己的痛苦,以寻找治愈创伤的可能性,

---

① 莎拉·劳伦斯女子学院(Sarah Lawrence College),美国一所私立文理学院。创办于1926年,创办之初是专门的女子学院,1969年开始实行男女同校教育。学校曾拒绝了普林斯顿大学合并的请求。2020年诺贝尔文学奖得主露易丝·格丽克(Louise Glück)也毕业于此。
② 艾丽斯·沃克《黑人革命艺术家或只在工作和写作的黑人作家,平凡但有价值的职责》,选自文集《寻找我们母亲的花园:妇女主义散文》。

她这样评价自己的第一本诗集:"《昔日》(Once)虽然始于悲伤,但它是一本'快乐'的书,充满了乐观主义精神,热爱世界,热爱其中的一切情感。"①

1966年夏天,沃克在密西西比州参加民权运动的过程中,结识了一位同样投身于民权运动的犹太裔律师,这位年轻人便是刚刚从纽约大学法律系毕业,后来成为她丈夫的梅尔文·罗斯曼·利文逊②。1967年春天,沃克与梅尔文克服各种困难在纽约市结婚,同年迁居密西西比州的州府杰克逊市,成为"密西西比州第一对合法结婚的跨种族夫妇"③。婚后第一年,二十三岁的沃克就写下了著名的短文《民权运动:好在哪里?》(The Civil Rights Movement: What Good was It?),该论文发表在《美国学者》,并在一年一度的论文大赛中获一等奖。

回到密西西比州的决定源于沃克的崇高理想。毕业后的她,时常想起《水中跋涉》(Wade in the Water)这首黑人灵歌,歌词讲述了美国南方黑奴通过水路逃向自由的北方的历史,歌词中的女主人公哈丽亚特·塔布曼,被称为"黑摩西"。这位黑人传奇女性逃离奴隶制地区以后,帮助数百名黑人通过"地下铁路线"获得自由。沃克决心以塔布曼为榜样,返回南方故乡,深入佐治亚州和密西西比州,加入黑人权利运动中,

---

① 艾丽斯·沃克《来自一次访谈》,选自文集《寻找我们母亲的花园:妇女主义散文》。
② 梅尔文·罗斯曼·利文逊(Melvyn Rosenman Leventhal, 1943—),美国知名律师,以其在20世纪60年代的民权运动中作为社区组织者和律师的工作而闻名。
③ 选自美国电视新闻节目《民主,现在!》的一期采访,《黑暗时代的内心之光:与作家兼诗人艾丽斯·沃克的对话》。

去帮助南方黑人的下一代改变他们的命运,"做一个名叫摩西的女人"。

走上文学道路

在故乡的生活依然充满挑战与伤痛。1968 年,艾丽斯·沃克因悲恸马丁·路德·金的遇难而痛失腹中胎儿,直至 1969 年再次怀孕,才迎来女儿丽贝卡的出生。

与此同时,从 1968 到 1971 年,沃克先后在密西西比州的杰克逊州立学院,以及杰克逊市的陶格鲁学院当客座作家,同时教授黑人文学。1970 年,艾丽斯·沃克的第一部长篇小说《格兰奇·科普兰的第三次生命》(*The Third Life of Grange Copeland*)发表。由于小说中塑造了自甘堕落的黑人男性形象,被多数评论家认为有悖于黑人作家要塑造正面的黑人男性群体形象的传统原则,一时间,她成为美国非裔文学批评界的众矢之的。

1973 年,艾丽斯·沃克出版了第一部短篇小说集《爱与烦恼:黑人女性的故事》(*In Love & Trouble: Stories of Black Women*)。这部集子收录了十三篇沃克早期最为出色的短篇小说,其中包括第一篇小说《罗斯莉莉》和多次被收录入美国非裔文选的《日常用品》。在对美国黑人女性的多维书写中,"爱"始终是沃克笔下的主旋律,爱的对象可能是情人、家庭、子女、信仰等，但沃克笔下的爱并不是单声道演奏，它总是和别样的情感混杂在一起，而那些别样的情感往往不可避免地演变为爱的旋律的变奏，继而又将爱的线索斩断，或者说将爱的音符压制，使得整个故事呈现出与原初完全不同的面向。

同年，沃克的第二部诗集《革命的牵牛花及其他诗歌》（*Revolutionary Petunias and Other Poems*）问世，作品标题取自诗集中的一首同名诗《革命的牵牛花》，该诗描写了一位名叫萨米·卢的黑人妇女，她因用耕田农具杀死了压迫虐待她的丈夫而被处以死刑。1974年，该诗集获得美国国家图书奖提名，当年同时获得提名的有十一人，其中包括两位女作家——奥德·洛德[1]和奥德里安·里奇[2]。20世纪70年代的美国，正是女性主义运动兴起的时期，因此三位女作家也非常团结，她们三人商定好，如果三人中有一位获奖，那个人就将代表全体美国女性去领奖。最后，这年的美国国家图书奖由里奇和男作家艾伦·金斯堡[3]共同获得。尽管没能得奖，但对于艾丽斯·沃克来说，《革命的牵牛花及其他诗歌》能获得美国国家图书奖的提名，既是对她作品文学价值的肯定，也是对她本人一个极大的鼓励。

---

[1] 奥德·洛德（Audre Lorde，1934—1992），美国作家、诗人、女权主义者、图书管理员和民权活动家。1989年获美国图书奖（American Book Awards）。
[2] 奥德里安·里奇（Adrienne Rich，1929—2012），美国诗人、散文家和女权主义者。她被称为"20世纪下半叶阅读最广、影响力最大的诗人之一"。
[3] 艾伦·金斯堡（Allen Ginsberg，1926—1997），美国"垮掉派"运动的领军人物，代表作《嚎叫》。

1974年，艾丽斯·沃克接受格洛丽亚·斯泰纳姆[①]的邀请，担任《女士》杂志的编辑，年薪11500美元。沃克当时提出的条件是，每周只上两天班，不参加任何会议，这样她的主要精力还可以放在文学创作上。此刻，她的婚姻亮起了红灯，她鸵鸟般地将全部精力投入第二部长篇小说《梅丽迪恩》（*Meridian*）的创作。

1975年8月，沃克独自来到纽约州萨拉托加斯普林斯市的雅斗花园[②]，专门从事写作。梅尔文也离开了密西西比州，住到纽约，以期缓和紧张的夫妻关系。沃克感觉自己慢慢进入一种分裂状态，甚至认为自己不适合结婚。尽管梅尔文十分不愿意以离婚的方式来结束他们的紧张关系，但他明显感到，随着沃克作为革命艺术家的名声越来越大，她有一个白人丈夫的压力也越来越大。沃克不无痛心地感慨："生活就是一种神秘性。就像爱情里不容任何障碍物。"

1976年，《梅丽迪恩》出版，沃克曾表示，这部作品以她本人20世纪60年代的生活经历为蓝本，而梅丽迪恩的原型则来自黑人民权运动的传奇人物鲁比·多丽丝·罗宾逊[③]。同年，沃克与梅尔文的婚姻宣告结束。离婚后不久，沃克与黑人历史

[①] 格洛丽亚·斯泰纳姆（Gloria Steinem, 1934— ），20世纪60—70年代美国著名的妇女解放运动领导者之一，她于1971年创办的《女士》（*Ms.*）杂志是当时最具影响力的女性主义和妇女主义思想阵地。
[②] 雅斗花园（Yaddo Garden），美国纽约州的一家著名的艺术家静修所，专门招待艺术家在此创作。
[③] 鲁比·多丽丝·罗宾逊（Ruby Doris Smith-Robinson, 1942—1967），20世纪60年代美国民权运动的重要人物之一。

学家、社会活动家、《黑人学者》编辑罗伯特·艾伦[①]相恋。沃克明确地向罗伯特表示，她不会再走入婚姻的殿堂。

沃克的创作激情和野心注定她将成为一个多产作家。1981年，艾丽斯·沃克的第二部短篇小说集《你不能征服一个好女人》(*You Can't Keep a Good Woman Down*)问世，这部集子共收录了十四篇短篇小说，小说不仅聚焦于遭受双重压迫的黑人女性对爱情和性爱的自由追求，而且还记录了一系列黑人女性探索自我、追求肉体与灵魂自由的奋斗历程。她们大胆地向美国社会宣布，黑人妇女的内心世界是完整而不可侵犯的，她们的精神与灵魂更是自由的，决不会接受任何形式的约束。该集子被认为是《爱与烦恼：黑人女性的故事》的续篇，作者所表现的女性主义和妇女主义思想也都达到了新的高度。

艾丽斯·沃克的早期创作，凸显出其强烈的女性主体意识与女性经验，她试图通过描述黑人世界的扭曲、窒息与男性形象的坍塌，来反映黑人群体的生存状况，同时意欲表明，社会历史、政治、经济等因素对人性泯灭也负有不可推却的责任。因此，沃克的作品被贴上了"批判现实主义"的标签，她也坚定地将自己定义为"革命者"。但细读她的文本，我们可以发现，她的文学创作从一开始就摒弃了20世纪50至70年代美国非裔文学中盛行的自然主义抗议文学传统。譬如关于诗歌《革命的牵牛花》，沃克便直言："尽管萨米·卢至多只能算

[①] 罗伯特·艾伦（Robert Lee Allen, 1942—），美国活动家、作家。

是一个反抗者而不是革命者，我仍然给这首诗题名为'革命的牵牛花'，在某种程度上，这本诗集是为了赞扬那些不会陷入任何意识形态或种族窠臼的人们的。"[1] 沃克的文学创作采用了社会现实主义、哥特现实主义、民间书信和神话历史等多种叙事策略，她并没有用赖特式[2]的语言，而是用另一种丰富的艺术语言来重构美国黑人在美国的经历。《爱与烦恼：黑人女性的故事》有如沃克手中的一面镜子，极具艺术性地映照出美国南方社会中的各个阶层的人物和形形色色的生活，尤其是黑人女性在困苦中挣扎的悲剧命运；《你不能征服一个好女人》则更关注美国黑人女性在生存困境中如何保持其艺术创造力，顽强地与世界和谐共处的生存智慧。可见沃克在这一阶段的文学理想，是要提升个体与他者之间的关系质量，无论男性还是女性，其人格的完整性与和谐性是健康生存与发展的关键因素。沃克这两部短篇小说集的人物塑造和主题思想，均为《紫颜色》(*The Color Purple*)提供了有力的铺垫。

巅峰时期的创作

在酝酿《紫颜色》时，沃克的文学创作已进入成熟期，她

---

[1] 艾丽斯·沃克《来自一次访谈》，选自文集《寻找我们母亲的花园：妇女主义散文》。
[2] 理查德·赖特（Richard Wright, 1908—1960），非裔美国小说家、评论家，代表作《土生子》，小说通常以现实主义的笔触，向社会的不公提出抗议与控诉。

希望自己的文学创作由对黑人个体历史的叙述，转而探讨美国黑人家庭的内部冲突，并思考有色族裔女性深受种族和性别压迫的文化根源。身在旧金山的沃克希望在那里寻找一个像佐治亚州的地方，随后租下一个小房子，以期让自己写作的环境与小说的历史背景相吻合，找到足够的创作灵感。安顿好以后，沃克谢绝了所有演讲和教学邀请，用朋友的捐赠买了几件旧家具，问母亲要了一个百衲被图案用于激发灵感，然后将自己所有精力投入《紫颜色》的创作中。

1982年，沃克的第三部长篇小说《紫颜色》横空出世，成为20世纪美国非裔女性文学史上继佐拉·尼尔·赫斯顿[①]、波勒·马歇尔[②]的作品之后的又一座高峰。当代美国著名文学批评家哈罗德·布鲁姆将艾丽斯·沃克誉为"一位完全代表了我们这个时代的作家"。

《紫颜色》由书信形式构成，其核心内容是西丽、耐蒂、索菲亚、莎格和玛丽·阿格纽斯等黑人女性的成长过程，其中又以女主人公西丽的经历为主线。沃克为读者描画了有色族裔女性在性别、种族压迫下充满卑屈、痛苦、挣扎、自立的人生画卷，塑造了一个最终战胜种族和性别双重歧视，并从单纯懦弱走向成熟独立的黑人女性形象。

1985年，《紫颜色》被拍成电影搬上银幕，导演是好莱坞

---

① 佐拉·尼尔·赫斯顿（Zora Neale Hurston，1891—1960），小说家、黑人民间传说收集研究家、人类学家，代表作《他们眼望上苍》。
② 波勒·马歇尔（Paule Marshall，1929—2019），美国非裔女性作家，曾获麦克阿瑟奖金，代表作《褐色女孩，褐砂石》。

大导演斯皮尔伯格，美国著名脱口秀主持人奥普拉·温弗瑞在电影《紫颜色》中出演索菲亚，著名黑人女星乌比·戈德堡出演西丽。2005年，《紫颜色》还被改编为百老汇的音乐剧上演，由美国知名的音乐剧演员拉尚兹领衔主演，并于2006年获得托尼奖的音乐剧最佳女主角奖项。

从此，《紫颜色》成为沃克小说创作的巅峰代表。紧接着，1983年，沃克又出版了她的文集代表作《寻找我们母亲的花园：妇女主义散文》(In Search of Our Mothers' Gardens: Womanist Prose)。该文集收录了艾丽斯·沃克从1966年至1982年所写的三十六篇散文式论文，由四个部分组成，这四部分的主题有大致的划分，彼此之间又有所重叠。第一部分由十篇论文组成，主要探讨美国非裔女性文学榜样和文学传统。第二部分由十一篇论文构成，主要围绕美国20世纪中叶风云激荡的政治运动，尤其是黑人民权运动展开。第三部分是该文集的核心，由八篇论文组成，聚焦于《寻找我们母亲的花园》之著名的"妇女主义"思想的主题。在第四部分中，沃克则追根溯源地表达了两个观点：第一，人类文明起源于非洲的母系社会；第二，女性在人类的起源和进化过程中起了主导作用。文集还对建构黑人女性文学传统和表述文化传统提出了一些补充性观点："妇女主义观是对主流女性主义批评的补充和改写；妇女主义观明确指出了差异的女性观概念。"[①] 时至今日，《寻找

[①] 艾丽斯·沃克《寻找佐拉》，选自文集《寻找我们母亲的花园：妇女主义散文》。

我们母亲的花园：妇女主义散文》仍是非洲流散妇女主义思想中最有影响力的文本之一。

艾丽斯·沃克的中期创作不仅帮助自己确立了文学地位，还赢得了美国主流白人文学批评界的肯定和赞许，也促使美国非裔男性文学评论家不得不重视起美国非裔女性文学的发展。20世纪80年代以后，以托妮·莫里森和艾丽斯·沃克为代表的一批美国非裔女性作家不断崛起，气势日盛，频频获奖。从文学考古到日常用品的象征追溯，从妇女主义到非洲流散妇女主义，沃克的文学思想几乎贯穿了整个美国非裔女性美学思想的发展流变。

巅峰之后

《紫颜色》和《寻找我们母亲的花园：妇女主义散文》出版后，名声大噪的沃克悄然结束了与罗伯特·艾伦的恋情，躲进了位于加利福尼亚的林中家园，与心爱的马匹和狗儿为伴，过起了离群索居的半隐居生活，整整七年时间没有作品问世。这两部作品不仅是沃克文学和文论的巅峰之作，而且在沃克的文学思想中也起着承前启后的作用。从此之后，沃克对黑人妇女的命运和妇女主义思想的思考，不再局限于黑人妇女与美国政治和社会的关系，而是转而聚焦于美国黑人家庭的内部冲突，再延伸至非洲流散族裔妇女的共同命运。她认为，黑人女作家也应承担起对人类的责任。

1989年，沃克的第四部长篇小说《我亲人的圣殿》(*The Temple of My Familiar*)问世，连续四个月名列《纽约时报》畅销书榜单。小说采用杂糅文体、碎片叙事、文类并置等手法，借助不同人物的故事，描写和重构了非洲流散族裔的艰辛历史，挑战了白人中心论，颠覆了父权制思想。《我亲人的圣殿》在时间和人物上与《紫颜色》有部分交集，比如《紫颜色》中的西丽和莎格在这部小说中亦有出现，并获得了新的文学意义。

1992年，艾丽斯·沃克的第五部长篇小说《拥有快乐的秘密》出版。小说甫一面世就荣登《纽约时报》畅销书榜单。在非洲、中东、亚太地区、欧洲、北美诸国都曾存在女性割礼的习俗，这种戕害女性身体的仪式给千百万女性留下了难以磨灭的生理和心理创伤。小说围绕非洲女性割礼造成女性身心创伤这一主题，揭示了父权制视域下的女性割礼实质上是对女性进行压迫和剥夺女性享受性快乐、性权利的深层隐喻。小说的场景跨越非洲和美国，女主人公塔希正是《紫颜色》中西丽的儿子亚当的妻子，她的故事在《紫颜色》中耐蒂的信中曾被部分讲述。在非洲的奥林卡村，割礼被视作少女的成人礼，抗拒割礼的女孩会受人耻笑、无法婚配。塔希虽然眼见姐姐杜拉因割礼失血过多而死，却在成年后为了对白人入侵自己家园表示反抗，维护本民族的文化传统，而主动接受了割礼。之后塔希与亚当成婚，同耐蒂一行人离开非洲，移居美国。尽管亚当一直在试图帮助塔希治愈割礼给其带来的一系列心理创伤，但塔希始终未能摆脱这些身心的折磨。在先后经历了身体创伤、夫妻疏离、生育困难、孩子智力受损等种种苦难后，塔希决心向当年为自己执行割礼的"桑戈"利萨妈妈寻仇。小说展示了塔希在亲友们的帮助下，不懈地思考与追寻，逐渐认清了割礼背后的文化心理和历史根源，经历了从自我迷失、异化，到内省后绝望反抗的人生轨迹。《拥有快乐的秘密》在时间、地点、情节和人物上都与《紫颜色》和《我亲人的圣殿》拥有一脉相承的关系，这种故事场景和小说人物的延续性唤醒了忠实读者的阅读记忆，带给他们如同故友重逢般的阅读体验。

随着沃克的后期作品一部又一部地问世，读者和研究者都注意到，沃克小说的情节渐渐弱化，人物的主体性渐渐模糊，而沃克本人在小说中的声音却越来越清晰，甚至带有一丝迫不及待的焦虑。她将这种焦虑放进了她的文学世界，化为了文学行动：时而是政治的呼喊，时而是伦理的教诲，时而是生态主义者的忧虑，时而是妇女主义者的自豪……关于美国黑人生命与身份的重建命题，沃克的目光从美国黑人逐渐聚焦到美国黑人女性，再扩散至全世界非洲流散女性，始终致力于描写黑人妇女遭遇的压迫与痛苦、获得的超越与成就。

行动中的革命者

艾丽斯·沃克保持着旺盛的创造力，她笔耕不辍、新作频出：1988年，她出版了第二本文论《与文共生：1973—1987年创作选集》(*Living by the Word: Selected Writings, 1973-1987*)。1996年，沃克的第三本文论《两次蹚过同一条河：向困难致敬》(*The Same River Twice: Honoring the Difficult*) 面世。1998年，沃克的第六部长篇小说《父亲的微笑之光》(*By the Light of My Father's Smile*) 问世。2000年，沃克的带有散文体和自传体特征的小说《带着一颗破碎的心前行》(*The Way Forward Is with a Broken Heart*) 出版。2004年，她的第七部长篇小说《现在是敞开心扉之际》(*Now Is the Time to Open Your Heart*) 出版。2013年，沃克出版了她的第四部文论《铺在路上的缓冲垫：冥想录和漫游》(*The Cushion in the Road: Meditation and Wandering as the Whole World Awakens to Being in Harm's Way*)，以及一部诗集《世界将追随欢乐：把疯狂化为花朵》(*The World Will Follow Joy : Turning Madness into Flowers*)。

  作为一名黑人女性革命艺术家，艾丽斯·沃克拥有超凡的文采和自由独立的精神。她用富于变化的文学风格和体裁，书写了美国非裔民族和非洲流散民族的情感：由早期现实主义人物的强大精神力量，到中期美国非裔女性文学独特的美学特征，再到后期对非洲流散女性群体和人类命运的关注……在沃克的心里，所有艺术都是在创造性地完成一段段心灵的成长，都是为了获得一种生存状态，一种生活方式，这种追求与肤色和种族无关。从沃克浩瀚的文字里，我们看到的不仅有她的天才，更有她的人性温度；不仅有她的勤奋和勇敢，更有她身为作家的民族使命和职业使命。所有这些品质，最终成就了美国非裔文学史上第一个立志将文字化为行动的女性革命艺术家。

作为一名行动主义者，艾丽斯·沃克坚定不移地致力于推进社会公正、种族平等和性别平等，反对战争以及呼吁和平。2003年3月8日国际妇女节当日，沃克与数千名抗议者集会抗议美国政府参与伊拉克战争，并因跨过了白宫门前的安全线，与另外二十六名抗议人士被捕。之后，沃克就此事接受采访，充分表达了对深受战争威胁的伊拉克妇女生存状况的关切。2008年，奥巴马当选总统，沃克通过杂志《根》（*The Root*）的网页版，在线发表了《致贝拉克·奥巴马的公开信》，阐述了她为黑人同胞取得国家最高政治职位的自豪感，希望奥巴马吸取非裔美国人遭受歧视的历史伤痛经验，呼吁并期盼整个世界的和平与大同，这也是艾丽斯·沃克文学思想的终极追求。

谭惠娟

2023年4月13日于杭州

献给精神：

没有它的帮助，
这本书
不会写成，
我也不会
成为
作者。

告诉我怎样做得像你一样。
告诉我怎样做。

——斯蒂维·温德[1]

---

[1] 斯蒂维·温德（Stevie Wonder，1950—），美国摇摆舞歌唱家、钢琴演奏家和流行歌曲作者。——译者注（本书若无特殊标注，均为译者注。）

你最好什么人都不告诉，只告诉上帝。否则，会害了你的妈妈。

亲爱的上帝：

我十四岁了。我是我向来是个好姑娘。也许你能显显灵，告诉我我究竟出了什么事。

去年春天小卢西斯生下来以后，我听见他们俩吵架。他拽她的胳臂。她说你太着急了，方索①，我不大舒服。他就放开了她。一个星期过去了，他又拽她的胳臂。她说不，我不干。难道你看不出来我已经快死了，生了这么一大堆孩子。

她去梅肯看望她当医生的妹妹。留下我来照看别人。他从来没对我讲过一句好话。只是说你得干你妈不肯干的事。他动起手脚来。我疼得很，喊了起来。他捂住我的嘴说，你最好闭上嘴，学会这一套，习惯它。

可我没法习惯。现在每次轮到我做饭，我就恶心想吐。我妈妈老对我唠唠叨叨，老看着我。她高兴了，因为他现在待她好了。不过她病得很厉害，活不了多久了。

---

① "方索"是"阿方索"的爱称。

亲爱的上帝：

我妈妈死了。她呼喊着叫骂着死去了。她冲着我大声叫嚷。她咒骂我。我肚子大了。我走不快。等我从井边回到家里，我打的水都温乎了。等我把托盘拿来，饭菜都已凉了。等我将孩子一个个打发去上学，又快到吃晚饭的时候了。他别的话都不说。他只是坐在床边握着她的手哭哭啼啼地说，别离开我，别走。

生第一个的时候，她问我是谁的？我说是上帝的。我不认识别的男人，也不知道还有什么话可说。我的肚子突然一阵疼痛，肚子动了起来，一个小娃娃从我那个地方掉出来，啃着手指头。当时我真吓了一大跳。

没有人来看望我们。

她病得越来越厉害。

后来她问孩子在哪儿？

我说上帝拿走了。

是他拿走的。他趁我睡觉的时候抱走的。抱到外边树林里杀了。他要是有办法的话，会把这一个也杀了的。

亲爱的上帝：

　　他好像对我实在看不下去了。他说我就是邪恶，从来不干好事。他又把我的娃娃抱走了，这回是个男孩。不过我并不认为他杀死了他。我想他是把孩子卖给了蒙蒂塞洛①那边的一个男人和他的妻子。我的奶胀得直流奶水。他说你为什么不收拾得像样一点？穿上件东西。可是我能穿什么？我什么都没有。

　　我一直希望他找个人结婚。可我发现他老在看我的妹妹。她很害怕。我说，我会照顾你的。在上帝的帮助下。

---

① 蒙蒂塞洛（Monticello），位于美国肯塔基州韦恩县的一个镇。——编者注

亲爱的上帝：

　　他从格雷那边带回了一个姑娘。她跟我差不多年纪，但他们结婚了。他一天到晚趴在她身上。她晃来晃去神魂颠倒，好像不知道给什么东西砸了一下。我想她本以为她是爱他的。没想到他还有我们这么一大群人。又个个都缺这缺那的。
　　我的妹妹耐蒂有一个跟爸差不多样子的男朋友。他的妻子死了。她是在从教堂回家的路上被男朋友杀死的。不过他只有三个孩子。他是在教堂里看见耐蒂的，现在每个星期天晚上某某先生都上这儿来。我告诉耐蒂好好念她的书。照顾不是你自己生的孩子可不是闹着玩的。瞧瞧妈的下场吧。

亲爱的上帝：

他今天揍了我，因为他说我在教堂里对一个男孩抛媚眼。当时我的眼睛也许进了东西，但我没有抛媚眼。我从来不去瞧那些男人。这是事实。不过我瞧那些女人，因为我不怕她们。也许因为我妈妈咒骂过我，所以你以为我生她的气了。不是的。我替妈妈感到难受。她相信他编造的故事，气死了。

他有时候还盯着耐蒂看，可我总是挡住他的亮。现在我叫她嫁给某某先生。我没告诉她为什么。

我说，嫁给他吧，耐蒂。这辈子想办法好好地过上一年。一年以后，我知道她肚子会大的。

可是我的肚子再也不会大了。教堂里有个女孩说过，如果你每月流血的话，你肚子会大的。我已经不再流血了。

亲爱的上帝：

某某先生终于直截了当说明来意，请求耐蒂嫁给他。可他不让她走。他说她太年轻，没经验。据说某某先生的孩子已经太多了。况且，他老婆让人杀了，这桩丑闻究竟是怎么回事？还有他听说的关于莎格·艾弗里的那些话，又是怎么回事？那是怎么回事？

我向我们的新妈妈打听莎格·艾弗里。我问她那是谁。她不知道，但她说她会去打听的。

她不光打听了，还搞来一张照片，我亲眼看见的第一张真人的照片。她说某某先生从钱夹里取东西给爸看的时候，照片掉了出来，落到桌子下面。莎格·艾弗里是个女人，我看到过的最美丽的女人。她比我妈妈还要漂亮。她比我要漂亮一万倍。我看见照片里她穿着皮大衣。她的脸上涂了胭脂。头发长得像条尾巴似的。她笑眯眯地站着，一只脚踩在什么人的汽车上。不过她的眼神挺严肃的，有点忧伤。

我求她把照片送给我。整整一夜，我一直在看这张照片。现在我一做梦就梦见莎格·艾弗里。她穿得讲究极了，飞快地转动着身子哈哈大笑着。

亲爱的上帝：

我们的新妈妈病了的时候，我求他找我，不要找耐蒂。可他反问我我在胡扯些什么。我告诉他我可以为他打扮一番。我钻进我的屋子，披上粗布衣服，头上插好羽毛，脚上穿了一双我们新妈妈的高跟皮鞋又走了出来。他揍我，因为我穿得像个荡妇，可他还是对我干了那种事。

那天晚上某某先生又来了。我躺在床上哭。耐蒂她总算明白了。我们的新妈妈也明白了。她在她的屋子里哭。耐蒂一会儿照料这个，一会儿照料那个。她害怕极了，跑出屋子吐了起来。可她没有跑到前门外，当着两个男人的面去吐。

某某先生说，呃，先生，我真希望你已经改变主意了。

他说，没有，没法说我的主意已经改变了。

某某先生说，呃，你知道，我的可怜的小家伙们实在需要个母亲。

他慢吞吞地说，我不能让你娶耐蒂。她太年轻。除了你告诉她的以外，她什么都不懂。而且，我还想让她多念几年书，把她培养成一个教师。不过我可以让你娶西丽。反正她是最大的。她该第一个结婚。她可不是个黄花闺女，这个我猜想你早已知道了。她给人糟蹋过。两次。不过你并不需要黄花闺女。我屋里倒有个黄花闺女，可她总是生病。他朝栏杆外面啐了一口。孩子们搞得她头疼，她饭也不大会做。而且她已经怀上了。

某某先生一声不吭。我的眼泪一下子没有了，真想不到会这样。

她挺丑的,他说。不过她不怕干重活。而且她挺干净的。还有,上帝早就把她治好了。你对她可以很随便,她绝不会向你要吃要穿的。

某某先生还是不讲话。我掏出莎格·艾弗里的照片。我看着她的眼睛。她的眼睛说,是啊,有时候就是这么回事。

事实上,他说,我得把她打发走。她年纪太大了,不该留在家里了。她对我其余的女儿起不好的影响。她可以自备被褥到你家去。她还可以带上一头她亲手喂大的母牛,就是牛圈后边的那一头。不过耐蒂你可别想娶她。现在不行。将来也永远不行。

某某先生总算开口了。他清了清嗓子。我从来没有正面看过她一眼,他说。

好吧,下次你来的时候,你可以看看她。她长得挺丑,简直不像是耐蒂的亲姐妹。不过她当老婆可比耐蒂强。她也不聪明。说句老实话,你得看着她,否则她会把你的东西都送人的。不过她干起活来跟男人一样。

某某先生说,她多大了?

他说,快二十岁了。还有一件事——她会撒谎。

亲爱的上帝：

　　他拖了整整一个春天的时间，从三月一直拖到六月，最后才下决心要我。我一心想的是耐蒂。如果我嫁给他的话，耐蒂就可以上我这儿来。他挺爱她的，我可以想个办法让我们两人一起逃跑。我们两人都挺努力地啃耐蒂的课本，因为我们知道如果想逃走的话我们两个一定得变聪明一点。我知道我没有耐蒂漂亮，也没有她聪明，可她说我不笨。

　　你想知道谁发现了美洲，耐蒂说，你就想想黄瓜。哥伦布念起来跟黄瓜①差不多。我在一年级的时候就学过哥伦布的事情，可我好像早就把他忘了似的。她说哥伦布来这儿乘的船叫尼得、彼得和桑托玛里特。印第安人待他好极了，结果他硬把一群印第安人带回国去侍候女王。

　　我脑子里来回想的都是我得跟某某先生结婚，所以很难把耐蒂的话记在心上。我第一次大肚子的时候爸就不让我去上学了。我喜欢上学，这件事他从来不在乎。耐蒂站在门口紧紧握着我的手。我穿得整整齐齐地去参加开学典礼。爸说，你太笨了，用不着老去上学。这群孩子里就数耐蒂聪明。

　　可是爸，耐蒂哭着说，西丽也挺聪明的。连比斯利小姐都这么说。耐蒂最喜欢比斯利小姐。觉得天下再没有像她那样了不起的人了。

---

① 英语中哥伦布（Columbus）与黄瓜（cucumber）发音相似。

爸说，别听艾迪·比斯利说的那一套。她总是信口开河胡说一气，结果没一个男人肯要她。她这才来教书的。他边说边擦他的枪，连头都不抬。过了一会儿，来了一群白人穿过庭院。他们也带着枪。

爸起身跟他们走了。这个星期余下的日子，我一直在边吐边给野味煺毛。

可耐蒂并不死心。下一步，比斯利小姐来我们家跟爸谈话。她说她当了这么多年的教师，从来没见过像耐蒂和我这样的人会学坏。爸把我叫了出来，她看见我的衣服在身上绷得紧紧的，她没再说话就走了。

耐蒂还是不懂，我也不懂。我们两个只知道我一天到晚想吐，而且人越来越胖。

耐蒂在学习上赶过我，我有时候挺不好受的。可是好像不管她说什么都进不了我的脑子。她使劲要让我明白地不是平的。我说对，好像我懂了。我从来没告诉过她，在我看来，地平极了。

终于有一天某某先生又来了。他看上去精疲力竭、晕头转向。在他家帮忙干活的女人走了。他妈妈也说再不帮他的忙了。

他说，让我再看她一眼。

爸喊我。*西丽*，他说，就像没事似的。某某先生还要看你一眼。

我站到门口。太阳直晃我的眼睛。他还骑在马上。他上上下下地打量着我。

爸把报纸翻得哗哗直响。往前走一点，他不会咬人的。他说。

我走到台阶附近，可是没走得太近，因为我有点怕他的马。

转过身子，爸说。

我转过身子。我的一个小弟弟走了过来。我想是卢西斯。他胖乎乎的，挺顽皮，老是在吃东西。

他说，你转身干吗？

爸说，你姐姐在想婚姻大事。

他根本不懂。他拽拽我的裙子边，问我他能不能从菜橱里拿点黑莓酱吃。

我说，好吧。

她待孩子很好，爸说，他把报纸又哗哗地翻过几张。从来没听见她对哪个孩子说过一句厉害的话。他们要什么，她就给什么。这是她唯一的毛病。

某某先生说，那头牛还跟着来吗？

他说，那头牛是她的。

亲爱的上帝：

我结婚的那天一直在躲他那个大儿子。他十二岁了。他妈妈死在他怀里，他不想听什么娶新妈妈的事，他捡起一块石头把我的脑袋砸开了。血流了不少，一直流到胸口中间。他爸爸说，别干这种事！可他就说了这么一句话。他有四个孩子，不是三个，两男两女。女孩从妈妈死后就没梳过头。我对他说，我得把她们的头发全剃了。让头发重新再长起来。他说铰女人头发要交坏运的。所以等我包扎了脑袋，煮好晚饭——他们用泉水，他们没有井，他们的柴灶像辆卡车——以后，我就给她们梳头，想把头发梳通。她们一个六岁一个八岁，她们哭哭啼啼。她们又叫又嚷，她们骂我要害她们。到十点钟的时候，我总算把她们的头发梳好了。她们哭着睡着了。可我没有哭。我躺在床上，他趴在我身上，我心里惦记的是耐蒂，琢磨她在家里是不是安全。后来我想到莎格·艾弗里。我知道他对我干的事情对莎格·艾弗里也干过，也许她喜欢的。我用胳膊搂住他。

亲爱的上帝：

　　我在城里坐在马车上，某某先生在布店里。我看见了我的小女儿。我知道是她。她长得就像我和我爸爸。长得没法再像了。她跟在一位太太的后面走，她们穿一样的衣服。她们走过马车的时候，我跟她们打招呼。那位太太高高兴兴地跟我说话。我的小女儿抬起头来，稍稍皱皱眉头。她在为什么事情烦恼。她长着我那样的眼睛，就跟我今天的眼睛一样。就好像我看到的一切她都看到了，她看到了，并且正在琢磨呢。

　　我想她是我的孩子。我的心告诉我她是我的。不过我不知道她究竟是不是我的孩子。如果她是我的，她的名字叫奥莉维亚。我在她所有的裤衩上都绣上奥莉维亚这几个字。我还绣了好多小星星和花朵。他把她抱走时把裤衩也拿走了。当时她大概才两个月。现在她快六岁了。

　　我从马车上爬下来，跟着奥莉维亚和她的新妈妈走进一家商店。我看着她用手顺着柜台摸过去，好像她对什么都不感兴趣。她妈妈在忙着买布。她说，别乱摸乱碰的。奥莉维亚打了个哈欠。

　　这布真漂亮，我说着帮她妈妈把一块布披在身上，凑近她的脸。

　　她笑了。我想给我和我女儿买几件新衣服，她说。她爸爸会很得意的。

　　她爸爸是谁，我问得很唐突。看来到底还是有人知道的。

她说，某某先生。可那不是我爸爸的名字。

某某先生？我说。他是谁？

她的神情好像嫌我多管闲事。

某某牧师先生。她说完便转过脸去跟店员说话。他说，姑娘，这块布你要不要？我们还有别的顾客要伺候。

她说，要的，先生。我要五码①，请给扯一下。

他一把抢过那匹布，使劲扯起布来。他没有量。他认为他扯了五码的时候便把布扯了下来。一元三角②，他说。你要线吗？

她说，不要，先生。

他说，你没有线缝不了衣服。他拿起一个线团，放在布上面比了比。这线的颜色正合适。你说是吗？

她说，是啊，先生。

他吹起口哨。收下两块钱。找给她两角五分。他看看我。姑娘，你要买吗？我说，不买，先生。

我跟在她们后面走到大街上。

我没有东西可以送给她们，我觉得挺难受的。

她左右看看大街。他不在这儿。他不在这儿。她说着好像要哭了。

谁不在？我问。

某某牧师先生，她说。他赶着马车呢。

---

① 1码约等于0.9144米。——编者注
② 指美元，后文同。——编者注

我丈夫的马车就在这边上，我说。

她爬上马车。真谢谢你啦，她说。我们坐着看那些进城来的人。我在教堂里都没看见过这么多的人。有些人穿得漂漂亮亮的。有些人没怎么打扮。女人的裙服上都是土。

她问我，既然我知道她丈夫是谁了，那我的丈夫又是谁。她哈哈笑了笑。我说是某某先生。她说，真的吗？好像她对他挺了解的。还不知道他结婚了。他是个英俊男子，她说，本县里没有比他长得更漂亮的男人了。不管是白人还是黑人，她说。

他长相是不错，我说。不过我这么讲的时候心里并没想过这一点。在我看来男人一般长得都差不多。

你这小女儿多大了？我问。

哦，她到生日就该七岁了。

她的生日是什么时候？我问。

她想了想。她说，十二月。

我心里说，十一月。

我挺随便地说，你给她取了个什么名字？

她说，哦，我们叫她宝琳。

我的心猛地跳了一下。

她皱起眉头。不过我叫她奥莉维亚。

你干吗要叫她奥莉维亚，既然这不是她的名字？我问。

呃，你看看她就知道了，她有点调皮地边说边转过脸去看看孩子，你不觉得她长得像个奥莉维亚吗？天哪，看看她的眼睛，只有年纪大的人才会有这样的眼睛，所以我叫她老莉维亚①。她咯咯地笑了起来,奥莉维亚,她拍拍孩子的脑袋说。好了。某某牧师先生来了,她说。我看见一辆马车和一个拿着鞭子、身穿黑衣服的大个子男人。你殷勤好客,我们十分感激。她看看挥动着尾巴在赶屁股上的苍蝇的马,又哈哈笑了起来。马背好客②,她说。我也跟着笑了起来。我满脸笑容,乐不可支。

某某先生从商店里出来。爬上大车,坐了下来。他慢慢吞吞地说,什么事情让你坐在这儿像个傻瓜似的傻笑?

---

① 英语中奥莉维亚的第一个音节跟"老(old)"的发音相近。
② 英语中"好客"(hospitality)的第一个音节跟"马"(horse)的发音相近。

亲爱的上帝：

耐蒂来跟我们住了。她从家里逃了出来。她说她实在不想离开我们的后妈，不过她得出走，也许可以给其余几个小家伙帮点忙。男孩子们问题不大，她说。他们会躲开他。等他们长大了，他们会跟他对打的。

也许会杀了他，我说。

你跟某某先生过得怎么样？她问道。可她长着眼睛呢。他还挺喜欢她的。晚上他穿上做客穿的好衣服走到门廊里来。她坐着不是帮我剥豆就是帮孩子们练拼法。也帮我学拼法，学她认为我须要知道的事情。不管出了什么事，耐蒂坚持教我懂得天下发生的一切。她还真是个好教师。我一想到她可能会嫁给一个像某某先生那样的男人，或者到某个白人太太的厨房里做帮工，我心里就难受得不行。她一天到晚地读、记、练书法，还让我们想问题。大多数的日子里，我累极了，懒得想。不过她还真有耐心。

某某先生的孩子都挺聪明，可又真讨人嫌。他们说，西丽，我要这个。西丽，我要那个。我们的妈妈让我们有这个的。他什么话都不说。他们想吸引他的注意力。可他光抽烟，躲在烟雾里。

别让他们摆布你，耐蒂说。你得让他们知道谁占着上风。

他们，我说。

她还是坚持她的看法。你得斗争。你得斗争。

可我不知道该怎么斗争。我只知道怎么活着不死。

你穿的裙子真漂亮,他对耐蒂说。

她说,谢谢。

这双鞋子看上去挺合适。

她说,谢谢。

你的皮肤。你的头发。你的牙齿。每天他都想出些新的东西来恭维她。

开始时她还笑笑。后来她皱起眉头。再后来她毫无表示。她老是跟我待在一起。她对我说,你的皮肤,你的头发,你的牙齿。他一夸奖她,她就来夸奖我。过了一段日子以后,我都觉得自己长得挺俊秀的。

他很快就不来这一套了。一天晚上,他在床上说,呃,我们帮了耐蒂不少忙。现在她得走了。

让她上哪儿去?我问。

这我不管,他说。

第二天早上我讲给耐蒂听。她没生气,相反,她要走了,还挺高兴。她说只是舍不得离开我。她这么说的时候,我们俩紧紧地抱在一起。

我真不想让你留在这儿跟这帮讨人嫌的孩子过,她说,更别提某某先生了。这简直就像看着你下葬,她说。

比下葬还要糟,我心里想。要是我被埋了,我就不用干活了。不过我嘴里还是说,没关系的,没关系的。只要我还能写

"上帝"这两个字，总还有个人陪着我。

我只有一样东西可以给她，某某牧师先生的姓名。我叫她去找他的老婆。也许她会帮忙的。她是我见过的唯一身边有钱的女人。

我说，写信。

她说，什么？

我说，给我写信。

她说，只要我不死，我一定给你写信。

她从此没有写过信来。

上——帝：

他的两个妹妹来看我们。她们都穿戴得整整齐齐的。西丽，她们说，有一点是肯定的，你把家里收拾得干干净净。我不该说死人的坏话，一个妹妹说，不过讲事实不是说人坏话。安妮·朱莉亚实在不是个会持家过日子的女人。

她从一开始就不想待在这儿，另一个妹妹说。

她想待在哪儿？我问。

待在家里。她说。

哼，这不是理由，头一个妹妹又说。她的名字叫嘉莉，另一个叫凯特。女人结了婚就得把家里收拾得像个样子，把一家大小打扮得干干净净的。唉，以前冬天要是上这儿来的话，这些个孩子，不是伤风就是得了流感，再不然就是肺炎，他们肚子里长虫子，他们受寒、发烧，经常如此。他们饿肚子。他们的头发从来没人给梳。他们脏得都没法叫人碰。

我还是抱他们的，凯特说。

还有做饭。她不想做饭。她好像从来没有见过厨房。

她从来没见过他的厨房。

真是丢人现眼，嘉莉说。

他才真是丢人现眼，凯特说。

你这是什么意思？嘉莉说。

我的意思是，他把她领了来，把她丢在这儿，就去追莎格·艾弗里了。这就是我要说的。她没人聊天，没人可以去拜访。他一走就是好些日子。接着她就有娃娃了。而她年纪轻轻又挺漂亮的。

说不上漂亮,嘉莉说着照照镜子。就是那一头头发好看一些。她太黑了。

哼,哥哥一定喜欢长得黑的女人。莎格·艾弗里黑得跟我的皮鞋的颜色差不多。

莎格·艾弗里,莎格·艾弗里,嘉莉说。我都腻味她了。有人说她到处唱歌。哼,她有什么可唱的。说她穿的裙子把大腿都露了出来,戴的头巾上都是一串串小珠子和流苏,挂着垂着就像商店橱窗的摆设。

我竖起耳朵听她们谈莎格·艾弗里。我觉得我也很想谈谈她的事儿。可她们不说了。

我对她也挺腻味了,凯特吁了一口气说。你对西丽的评论很对。家管得好,孩子带得好,饭做得好。哥哥再怎么想办法也找不到更好的了。

我想起他当初是怎么想办法的。

这回是凯特一个人来的。她大约二十五岁,是个老姑娘。她看上去比我年轻。很健康。眼睛很亮。嘴巴挺厉害。

给西丽买点衣服。她对某某先生说。

她还要衣服?他问。

哼,你看看她身上穿的。

他看看我。他好像在看粪土。它还需要衣服?他的眼神在说。

她跟我一起去商店。我想象莎格·艾弗里穿什么颜色的衣服。在我看来她好像是位王后。于是我说，要件紫颜色的，也许紫底带一点点红。可我们找了又找，没有紫颜色的。有好多红的，可她说，不行，他不会喜欢你买红颜色的。看上去太鲜艳活泼了。我们只能挑咖啡色、绛紫色，或者藏青色。我说藏青的吧。

我从来不记得我穿过新衣服。现在要专门给我做一件衣服。我想告诉凯特这件事的意义何等重大。我满脸通红，说话结结巴巴。

她说，没什么，西丽。你应该得到更多的东西。

也许是的，我心想。

哈波，她说。哈波是最大的那个孩子。哈波，别让西丽一个人打水。你是个大孩子了。你该帮些忙了。

女人该干活，他说。

什么？她说。

女人才干活嘛。我是个男人。

你是个懒懒散散、不求上进的黑鬼，她说。拿那个桶去打满一桶水来吧。

他瞪我一眼，踉踉跄跄地出去了。我听见他跟坐在门廊里的某某先生嘟哝了几句。某某先生喊他的妹妹。她在门廊里说了一会儿话，接着，她浑身哆嗦着走回屋子。

我得走了，西丽，她说。

她气得一边收拾东西一边直流眼泪。

你得跟他们斗,西丽,她说。我不能替你干。你得自己跟他们斗。

我没说话。我想到耐蒂,她死了。她斗过,她逃跑了。可这又有什么好处?我不斗,我安分守己。可我活着。

亲爱的上帝：

哈波问他爸爸为什么要揍我。某某先生说，因为她是我的老婆。还有，她太倔了。女人的用处只是——他没把话说完。他只是像平时那样把下巴颏凑在报纸上。那副模样使我想起了爸。

哈波问我，你怎么会那么倔？他没有问我你怎么会做他的老婆的？没有人问这个问题。

我说，我想我生来就这样。

他揍我就跟揍孩子一样。只是他不大揍孩子。他说，西丽，把皮带拿来。孩子们都在门外扒着门缝偷看。我拼命忍着不哭。我把自己变成木头。我对自己说，西丽，你是棵树。我就这样知道了树是怕人的。

哈波说，我爱上了一个人。

我说，哦？

他说，一个姑娘。

我说，真的？

他说，对，我们打算结婚。

结婚，我说。你还不大，不能结婚。

我够大了，他说。我十七岁了。她十五岁。我们都够大了。

她妈妈怎么说？我问。

我们还没跟她妈妈谈过。

她爸爸怎么说。

我们也没跟他谈。

嗯，她怎么说。

我们从来没说过话。他低下脑袋。他长得不难看。又高又瘦，像他妈妈一样黑得很，眼睛大大的，眼珠有点鼓。

你们在哪儿见面？我问。我在教堂里见她。他说。她在外边见我。

她喜欢你？

我不知道。我对她挤挤眼睛。她好像有点怕看我。

你们眉来眼去的时候她爸爸在哪儿？

在角落里做祷告。

亲爱的上帝：

　　莎格·艾弗里要到镇上来了。她带着乐队来。她要在科尔曼路上唱《幸运的星星》。某某先生要去听她的演唱。他对着镜子穿上衣服，端详了一阵，又脱下，然后又重新打扮起来。他用润发油把头发朝后抹得亮亮的，可又都洗了。他朝皮鞋上啐唾沫，用块破布来回擦。

　　他对我说，洗这个。熨那个。找这样。找那样。寻这个。寻那个。他对着袜子上的破洞直叹气。

　　我忙着缝缝补补，熨衣服，找手绢。出什么事了？我问。

　　你是什么意思？他气势汹汹地说。我只是想去掉点我身上的乡下佬的土味儿。别的女人都会因此感到高兴的。

　　我是很高兴，我说。

　　什么意思？他问。

　　你看上去挺像样的，我说。随便哪个女人都会为你感到骄傲的。

　　你真这么想？他说。

　　他第一次征求我的意见。我太吃惊了，等我说出"是的"这两个字的时候，他已经走到门廊里去了，外边亮一些，他想刮胡子。

　　我整天走来走去，口袋里总揣着一张海报。海报是粉红色的。大路拐弯处的树上和商店里都贴满了这种海报。他在箱子里藏了总共有五六十张。

莎格·艾弗里站在钢琴边上，弯着胳臂，手放在屁股上。她戴一顶像印第安人酋长戴的帽子。她张着嘴，牙齿都露了出来。她好像无忧无虑，一点心事都没有。海报上写道，快来，大家都来。蜜蜂皇后又回到镇上来了。

　　上帝啊，我真想去。不是去跳舞。不是去喝酒。不是去打牌。也不是去听莎格·艾弗里唱歌。我只要能亲眼看看她就谢天谢地了。

亲爱的上帝：

某某先生星期六去了一晚上，星期天去了一晚上，星期一去了差不多一整天。莎格·艾弗里周末在镇上。他跌跌撞撞走进屋子，一头倒在床上。他精疲力竭。他伤心。他哭泣。他虚弱无力。后来他睡了一下午和整整一个晚上。

他醒的时候我在地里。他下地的时候我已经刨了三个小时的棉花棵子了。我们互相没说话。

可我有一肚子的问题想问他。她穿些什么衣服？她还是老样子吗？还像我那张照片里的莎格·艾弗里吗？她头发梳成什么样？用什么样的唇膏？戴假发吗？她胖吗？她瘦吗？她唱得好吗？累吗？病了没有？她到处演唱的时候你们的孩子在哪儿？她想他们吗？我满脑子转来转去都是问题。像蛇一样缠着我。我祈求上帝给我力量。我拼命咬住下嘴唇。

某某先生捡起一把锄头刨了起来。他刨了三下就不刨了。他把锄头扔在垄沟里，转身走回屋子，找了杯冷水喝，拿出烟斗，坐在门廊里直直地望着前方。我也跟他回家来了，因为我以为他病了。后来他说，你还是回地里去吧。别等我。

亲爱的上帝：

哈波跟我一样，斗不过他爸爸。每天他爸爸一起床就坐在门廊里直愣愣地啥也不看。有时候望着房前的树。有时候望着停在栏杆上的蝴蝶。白天喝一点点水。晚上喝一点点酒。大部分时间坐着不动。

哈波抱怨说，他一个人犁不了那么多地。

他爸爸说，你就得这么干。

哈波的身材跟他爸爸一样高大。他四肢发达，头脑简单。他胆小怕事。

我跟他一天到晚在地里干活。我们满身大汗又刨又犁。我晒得跟烤过的咖啡豆一个颜色。他跟烟囱里面一样黑。他的眼睛显得很忧郁，心事重重。他的脸有点像女人的脸。

你干吗不干活了？他问他爸爸。

没有理由要我干活。他爸爸说。不是有你吗？他说话恶狠狠的。哈波挺受刺激。

何况，他还在谈恋爱。

亲爱的上帝：

哈波女朋友的爸爸说哈波配不上她。哈波追求这个女孩子有一阵子了。他说他跟她坐在客厅里，她爸爸就坐在边上，坐得大家都挺别扭的。后来他坐在门廊里，敞开的大门口，那儿他什么都听得见。九点钟一到，他就把哈波的帽子递给他。

我有什么不好？哈波问她爸爸。她爸爸说，都怪你妈妈。

哈波说，我妈妈有什么问题？

他说，有人杀了她。

哈波老做噩梦。他梦见他妈妈在牧场上奔跑，想要回家。那个大家说是她男朋友的人追了上来。她拉着哈波的手。他们俩跑啊跑啊。那人一把抓住她的肩膀说，你这下跑不了了。你是我的了。她说，不，我得跟我的孩子在一起。他说，娼妇，你没处可去。他开枪打中她的肚子。她倒了下来。那个男人逃跑了。哈波抱住她，把她的脑袋放在他的腿上。

他连声喊，妈妈，妈妈。他把我吵醒了。别的孩子也醒了。他们哭得真伤心，好像他们的妈妈刚死了一样。哈波醒了过来，浑身发抖。

我点上灯，站在他身边拍他的后背。

有人杀了她，可这不是她的过错，他说。不是她的过错！不是她的过错！

对，我说，不是她的过错。

人人都说我待某某先生的孩子真好。我是对他们很好。可我对他们没有感情。拍哈波的后背就跟拍条狗一样。更像是一块木头在拍另一块木头。不是一棵活的树,而是一张桌子,一口五斗橱。反正他们也不爱我,不管我有多好。

他们根本不在乎。他们只肯给哈波干活。两个女孩老是看着大路上来往的人。鲍勃跟比他年纪大的人一起出去喝酒,一喝就是一个晚上。他们的爸爸抽着烟斗,百事不管。

哈波把他谈恋爱的事情一五一十全都告诉我了。他白天黑夜一心想的就是索菲亚。

她漂亮,他告诉我。亮晶晶的。

聪明[①]?

不是。皮肤亮晶晶的。不过,我想她还是挺聪明的。有时候我们还有办法躲开她爸爸呢。

我马上知道,他要说的下一句话是她怀上了。

要是她那么聪明的话,她怎么会把肚子弄大的?我问道。

哈波耸耸肩膀。她除此之外没别的办法走出她家,他说。她爸爸不肯让我们结婚,说我不配走进他的客厅。可她要是大肚子了,我就有权跟她在一起了,不管我是好还是坏。

你们打算住在哪儿?

[①] 英语中,bright 既可当"明亮"又可当"聪明"讲。

他们家地方挺大的,他说。等我们结了婚,我们就是一家人了。

哼,我说,她肚子没大的时候,她爸爸就不喜欢你,他才不会因为她肚子大了就喜欢你。

哈波显得有些发愁。

跟某某先生谈谈,我说,他是你爸。也许他有好主意。

也许没有,我心想。

哈波把她带来见他的爸爸。某某先生说他要见见她。我看见他们从大路远远地走来。他们手拉着手,迈着大步,好像在奔赴战场。她稍稍走前几步。他们走进门廊,我跟他们打过招呼,搬了几张椅子放在栏杆边上。她坐了下来,用块手绢扇扇风。真热,她说。某某先生一言不发。他只是上上下下打量着她。她有七八个月身孕了,衣服绷得紧紧的。哈波真傻,以为她挺聪明的,其实她并不那么聪明。她皮肤黄亮,亮得像讲究的家具上的油漆。头发浓密,缠在一起,梳成辫子盘在头上。她没有哈波高,但比他强壮,又结实又红润,健康得很,好像她妈妈是用猪肉把她喂大的。

她说,某某先生,你好。

他不理睬她的问候。他说,看来你惹麻烦了。

不,先生,她说,我没惹什么麻烦,只是肚子大了。

她用手掌抚平衣服胸前的皱纹。

孩子的爸爸是谁?他问。

她有点吃惊。是哈波,她说。

他怎么知道是他?

他知道的。她说。

现在的女孩都不大规矩,他说。跟随便哪个汤姆、迪克、哈里之类都可以睡觉。

哈波看看他爸爸,好像不认识他。但他没有开口。

某某先生说,别以为我会因为你怀孕了就让哈波跟你结婚。他年轻,经验不足。你这样的漂亮姑娘能把他哄得晕头转向的。

哈波还是没开口。

索菲亚的脸蛋更红了。她扬起眉毛。她竖起耳朵。

可她哈哈一笑。她瞥了一眼低头坐着、两手夹在腿中间的哈波。

她说,我干吗非要嫁给哈波不可?他还跟着你住。他吃的饭、穿的衣服,还不都是你买的。

他说,你爸爸把你撵出来了吧。我猜你打算在街头过日子了。

她说,不,我不在街头过日子。我跟我姐姐和她的丈夫一起过。他们说我可以在他们家住一辈子。她站起身来,她真是个高大、结实、健壮的姑娘。她说,好了,很高兴来拜访你。我要回家了。

哈波也站起来要走。她说,不,哈波,你留在这儿。我和娃娃等着你,等到你自由了的时候。

他好像在他们俩中间迟疑了一下，但他又坐了下来。我飞快地看了索菲亚一眼，好像看到她脸上掠过一丝阴影。她对我说，某某太太，如果可以的话，请给我一杯水，让我喝了再走。

　　水桶就在门廊的架子上。我从柜里取了个杯子，给她舀了点水。她几乎一口就喝了下去。然后她用手摸摸肚子走了。仿佛军队改变行军方向，她正大步追了上去。

　　哈波始终没从椅子里站起来。他和他爸就一直坐在那儿，一直坐着。他们坐着不动。最后，我吃完晚饭，上床睡觉。第二天一早我起床的时候觉得他们还呆坐着。不过哈波在厕所，某某先生在刮胡子。

亲爱的上帝：

哈波去把索菲亚和娃娃领回家。他们在索菲亚姐姐的家里结的婚。姐夫做哈波的傧相。一个姐姐从家里溜出来做索菲亚的伴娘。还有一个姐姐来抱孩子。听说这孩子在婚礼进行的时候哭个没完，他妈妈停止一切仪式来给他喂奶。她在最后说"愿意"的时候，手里抱着一个挺大的吃奶的娃娃。

哈波把小溪边上的小屋收拾了一下，给他一家人住。某某先生的父亲以前把这间屋子当工棚。不过，小屋挺好的。现在有窗户，有阳台，还有一扇后门。而且小溪旁挺凉快的，还有一片绿意。

他叫我做几个窗帘。我用面粉口袋做了几个。不大，但挺有点家庭气味。他还找了一张床、一个梳妆台、一面镜子和几把椅子。还有做饭取暖的炉子。哈波的爸爸现在叫他干活付他工资了。他说哈波干活不够卖力气。也许给他一点钱能刺激他的兴趣。

哈波对我说，西丽小姐，我要罢工了。

为什么？

我不想干活。

他确实不干活。他到地里来掰上两个棒子，让鸟儿和恶魔吃掉两百个。今年我们收成不大好。

可是自从索菲亚来了以后，哈波总是忙个不停。他刨，他敲，他犁地。他不是哼着小调便是吹起口哨。

索菲亚看上去整整小了一圈。可她还是个高大结实的姑娘。胳臂上的肌肉很发达。腿上也是肌肉。她来回摇着她的娃娃，好像不用费劲似的。她的肚子大了点，却让你觉得她就是那样的肚子。结结实实的。好像她一坐下去就能把屁股底下的东西压碎。

她让哈波抱着孩子，她跟我回屋取些线。她在缝被单。他接过孩子，亲了他一下，抚弄一下他的下巴。他笑了，抬起头来看看门廊里坐着的父亲。

某某先生吐出一口青烟，看看他说，是啊，我看她现在要给你套上笼头了。

亲爱的上帝：

哈波想知道他怎么做才能使索菲亚听从他的指挥。他跟某某先生一起坐在阳台上。他说，我叫她往东，她偏往西，从来不照我说的办。还总要回嘴。

老实说，在我听来，他对这一点还挺骄傲呢。

某某先生不说话，只是一口一口地吐烟圈儿。

我说她不能老上她姐姐家去。我们结婚了，我对她说。你该待在家里守着孩子。她说，我把孩子们也带去。我说，你该守着我。她说，你也想来吗？她边说边对着镜子梳妆打扮，把孩子们收拾得干干净净的，准备做客。

你打过她吗？某某先生问。

哈波看看自己的手。没打过，他低声说，他有些发窘。

哼，那你怎么能指望她听你的话呢？老婆都像孩子。你得让她们知道谁厉害。狠狠地揍一顿是教训她的最好的办法。

他使劲抽他的烟斗。

索菲亚考虑自己太多，他说，她的傲气得打掉。

我喜欢索菲亚，可她的一举一动跟我完全不一样。如果哈波和某某先生进屋的时候她正在讲话，她会接着往下讲。要是他们问她什么东西在什么地方，她便回答说不知道，接着照样讲她的话。

哈波问我他怎样才能使索菲亚听他指挥的时候，我想到了这一切。我没有提醒他，说他现在挺高兴的。他结婚三年了，可他还是高高兴兴地又吹口哨又唱歌。我想到，某某先生一叫我我就心惊肉跳，而她却显出很奇怪的神情。她好像有些可怜我。

打她，我说。

我们再看见哈波的时候，他满脸青一块紫一块的。他的嘴唇破了。一只眼睛肿得像拳头似的只剩下一条缝。他走路一拐一拐的，他还说牙疼。

我说，哈波，你怎么了。

他说，唉，都是那头骡子把我害的。你知道她脾气暴躁。那天她在地里发起疯来，等我制服她往家走的时候，我挨了好几蹄子。我回家的时候又一头撞在牛圈的门上。撞伤了眼睛，还把腮帮子划了个口子。昨天晚上下大雨的时候我一关窗户又把手给夹了。

好啊，我说，出了这么些事儿，我想你没法知道你能不能管住索菲亚让她听你指挥了。

不行了，他说。

可他还不断努力想让她听话。

亲爱的上帝：

　　我在庭院里刚要大声说我来了，却听见轰隆一声巨响。这是从里屋传来的，我赶快跑进门廊。两个孩子在小溪边做泥饼玩，他们连头都不抬一下。

　　我小心翼翼打开房门，想着里边可能有强盗或杀人犯。要不然不是盗马贼就是鬼。没想到是哈波和索菲亚。他们像两个男人似的在打架。他们抓起家具乱摔乱打。盘子好像都砸了。镜子裂了。窗帘扯破了。床上的褥子芯好像全给掏了出来。他们什么都不管。他们只顾打架。他拼命要揍她。她伸过手去，抓住一根木柴，一下抽在他的眼睛上。他一拳打在她的肚子上，她弯下身子大声哼哼，可马上用两手紧紧攥住他的阴茎。他在地上打滚。他抓住她的裙子边使劲一扯。她身上只剩下衬裙了。她连眼睛都不眨一下。他跳起来用两只胳膊紧紧地压住她的下巴颏，她把他从头上摔了过去。他砰地摔在炉子上。

　　我不知道他们打了有多久。我不知道他们什么时候会住手。我悄悄地退了出来，向小溪旁的孩子们挥挥手，返身往家走。

　　星期六一大清早，我们听见马车声。哈波、索菲亚和两个娃娃出去度周末，他们去看望索菲亚的姐姐。

亲爱的上帝：

一个多月以来我一直睡不好觉。只要某某先生还不抱怨灯油钱太费，我就一直熬夜不上床。上床以前我洗个热水澡，水里还放牛奶和泻盐，接着往枕头上抹点清凉油，还把窗帘拉得严严实实的，不让一线月光漏进来。有时候，我能睡上两三个小时。我正睡得香的时候会突然醒过来。

最初我马上起床喝点牛奶。后来，我数篱笆柱子。后来我才想到读《圣经》。

怎么回事？我问自己。

一个微弱的声音说道，你干了一件错事。你触犯了一个人的灵魂。也许……

一天深夜我突然想起来了。索菲亚。我触犯了索菲亚的灵魂。

我祈祷，希望她不会发现，可她还是发现了。

哈波告诉她了。

她一听说就迈着大步从小路走过来，手上还拿了个麻袋。她眼睛下边是一道道又青又紫的伤痕。

她说，我只是想让你知道我以前指望你能帮我的忙。

难道我没有帮过忙吗？我问。

她打开麻袋。这是你的窗帘，她说。这是你的线。你让我用过这个窗帘，现在我付你一块钱。

它们是你的了，我把东西推过去。我很愿意帮忙。我尽力而为吧。

你叫哈波来揍我,她说。

没有,我说。

别撒谎,她说。

我不是那个意思,我说。

那你干吗要说这种话?她问。

她站着逼视我的眼睛。她有些疲惫,嘴巴气得鼓鼓的。

我说那种话因为我是个傻瓜。我说,我那么说是因为我妒忌你。因为你做了我不敢做的事。

什么事?她说。

打架,我说。

她站了很久,好像把嘴里的气吐了出来。她刚才是气呼呼的,现在显得有些伤心。

她说,我这辈子一直得跟别人打架。我得跟我爸爸打。我得跟我兄弟打。我得跟我的堂兄弟、我的叔伯打。在以男人为主的家庭里女孩子很不安全。可我从来没想到我在自己的家里还得打架。她吁了一口气。我爱哈波,她说。上帝知道我是真心爱他。可我会揍死他的,如果他想揍我的话。如果你想要一个死儿子的话,你就照样劝他揍我。她把手放在屁股上。我从前用弓箭射过野物,她说。

刚才我看见她走过来时心里有点害怕,现在我不发抖了。我真替自己害臊,我说。上帝也轻轻地鞭打了我几下。

上帝不喜欢长得丑的人,她说。

可他也并不只喜欢漂亮的。

这样一来，我们的话题转了。

我说，你为我感到难受，是不是？

她想了一想。是的，太太，她慢慢地说，我是为你感到难受。

我想我知道她怎么会为我难过的，可我没问她。

她说，说句老实话，你让我想起我妈妈。她在我爸爸的手底下过日子。不，她被我爸爸踩在脚底下过日子。不管他说什么，他的话都要照做。她从来不回嘴。她从来不为自己争辩。有时候她替孩子们争几句，结果反而更不好。她越支持儿女们，他就越虐待她。他讨厌孩子，讨厌孩子生出来的地方。不过看到他有那么多的孩子，你是绝对不会想到这一点的。

我对她的家庭一无所知。我望着她，心里想道，她家里不会有胆小鬼的，没人能吓住他们。

他有多少个孩子？我问。

十二个，她说。

呵，我说。我爸爸在我妈妈去世前生了六个。他跟现在的老婆又生了四个。我没提他跟我生的那两个孩子。

几个女孩？她问。

五个，我说。你们家呢？

六男六女。所有的女孩都跟我一样又高又大。男孩也又高又大。不过女孩们团结在一起。有时候，两个哥哥也和我们站在一起。我们要是打架的话，那才好看呢。

我从来没打过活的东西，我说。哦，我在家的时候打过我弟弟妹妹的屁股，让他们听话，不过我从来下手不重，打得不疼。

你生气的时候又怎么办呢？她问。

我寻思起来。我不记得我什么时候生过气，我说。我过去常常生我妈妈的气，因为她把活儿都压在我身上。后来我发现她病得很厉害，没法再生她的气了。我也不能生我爸爸的气，因为他到底是我的爸爸。《圣经》上说，无论如何也要尊重父亲和母亲。后来，我一生气，或者觉得我要生气了，就会恶心，好像要吐，难受极了。再往后，我什么感觉都没有了。

索菲亚皱起眉头。一点感觉也没有吗？

呃，有时候某某先生待我实在太过分了，我只好跟上帝谈谈。可他是我的丈夫啊。我耸耸肩膀。这辈子很快就会过去，我说，只有天堂永远存在。

你应该把某某先生的脑袋打开花，她说，然后再想天堂的事。

我不觉得这是滑稽话。可听上去确实挺滑稽的。我哈哈大笑。她也哈哈大笑。我们两人笑得太厉害，都倒在了台阶上。

我们把这些乱七八糟的窗帘铰了拼成被子吧，她说。我赶快跑进屋子取我的花样书。

我现在跟新生娃娃一样，睡得香极了。

亲爱的上帝：

莎格·艾弗里病倒了，镇上没有人肯把蜜蜂皇后接到他们家里去休养。她妈妈说，她早就这么对她说过了。她爸爸说，荡妇。教堂里有个女人说，她快死了——也许是肺病，也许是可怕的妇女病。什么病？我想问，可说不出口。教堂里的女人有时待我很好，有时又不好。她们看着我煞费苦心地管孩子，拼命地把他们拽到教堂里去，进了教堂以后又想尽办法让他们保持安静。她们中间有些人在我两次挺着大肚子来教堂的时候也常在那里。有时候，她们以为我不会注意，便瞪大眼睛瞧我。一副纳闷的神情。

我尽量抬头挺胸地做人。我帮牧师干很多活。我扫地擦窗户，做酒，洗铺在圣坛上的布。冬天抱柴给炉子添火。他叫我西丽大姐。西丽大姐，他说，你对上帝一直很虔诚。后来他又去跟别的太太和她们的丈夫谈话了。我东奔西走干这干那的时候，某某先生坐在后排门口东张西望。女人们一有机会就冲他微笑。他从来不看我一眼，根本不理会我。

莎格·艾弗里落魄的时候连牧师也数落起她来了。他拿她作为讲道的内容。他没有提她的名字，但他用不着提。人人都知道他在讲谁。他谈到有个妓女穿短裙，抽香烟，喝白酒。为了金钱唱歌，还要偷别的女人的汉子。他用了荡妇、轻佻的女子、娼妇、妓女等一大串名词。

他说到妓女时，我回头扫了某某先生一眼。妓女。我认为应该有人起来替莎格说句话。可是他什么话都没说。他一会儿把左脚架在右脚上，一会儿又把右脚架在左脚上。他望着窗户外面。对他微笑的那些女人都随着牧师说阿门反对莎格。

但是我们到家以后，他没顾得上脱衣服就朝着哈波和索菲亚的屋子大声叫唤。哈波跑着过来。

套上马车，他说。

我们上哪儿去？哈波说。

套上马车，他又说。

哈波套上了马车。他们站在谷仓外边说了几句话。某某先生赶着马车走了。

他在家里从来不干活也有好处，他不在的时候，我们从来不想他。

五天以后，当我朝大路望去时，发现马车回来了。车上现在有个车篷了，用旧毯子之类的东西做的。我的心开始乱跳了起来。我慌慌张张忙着换衣服。

可是来不及了。我刚把脑袋和胳膊褪出旧衣服就看见马车进了院子。我头发打结，头巾上都是尘土，脚上是双平常穿的旧鞋，浑身一股汗酸臭，穿件新衣服也遮不了多少丑。

我心慌意乱，不知该做什么好。我站在厨房中央。脑子乱成一团。我有一种真想不到她会来的感觉。

西丽，我听见某某先生在喊，*哈波*。

我把脑袋和胳膊重新伸进旧衣服里。我尽量擦掉我脸上的汗和土。我走到门口。先生，什么事？我问。我被扫帚绊了一下，我看见马车的时候正在用这把扫帚扫地。

哈波和索菲亚站在院子里朝马车里面望去。他们的脸色很阴沉。

这是谁？他问。

一个本来应该是你母亲的女人，他说。

莎格·艾弗里吗？哈波问。他抬起头看看我。

帮我把她扶进屋去，某某先生说。

我看见她伸出一只脚，我觉得我的心快从嘴里蹦出来了。

她并没有躺着。她在哈波和某某先生的搀扶下走下车来。她打扮得讲究极了。她穿着一条红色的羊毛裙，胸前挂着好些黑珠子。一顶耀眼的黑帽子上插了几根好像是鹰身上的羽毛，羽毛弯下来贴在面颊上。她手里拿了一只颜色与鞋子相配的蛇皮小钱包。

她打扮得非常入时，连房子周围的树木都好像长高了一截要好好看看她似的。我看到她在两个男人中间踉踉跄跄地走着。她好像不会使唤她的两条腿了。

我仔细窥视，发现她脸上涂着很厚的黄色香粉，红胭脂。她好像很快要离开人间了，所以打扮得漂漂亮亮的准备迎接来世。但我知道她会好起来的。

进来吧，我很想大声说。很想大声喊，进来吧。有上帝帮忙，西丽会让你好起来的。但我没有吭声。这不是我的家。人家什么话都没有告诉过我。

他们走了一半的台阶。某某先生抬头看看我。西丽，他说，这是莎格·艾弗里，是我们家的老朋友。把那间空屋子收拾一下。他低头看看她,一个胳膊搂着她,一个胳膊扶着栏杆。哈波在她的另一边，神情忧伤。索菲亚和孩子们在院子里望着他们。

我站着不动，因为我动弹不得。我得看看她的眼睛。我觉得只有看见了她的眼睛我的腿才迈得开步子。

快去，他厉声喝道。

她抬起头来。

尽管她涂了好多脂粉，她的脸跟哈波的一样黑。她的鼻子挺长，是鹰钩鼻，她的嘴巴很大，肉很厚。嘴唇像黑李子。眼睛大，亮。发烧。而且狠毒。她好像虽然病得厉害，但是如果有条蛇挡路的话，她还是会把它杀死的。

她从头到脚打量我一番。她咯咯地笑了。像人临死时发出的吼声。你真的很丑，她说，好像她不相信似的。

亲爱的上帝：

　　莎格·艾弗里没什么大问题。她只是病了。病得比我见到过的都要厉害。她比我妈妈临死时病得还厉害。但她比我妈妈邪恶，这使她活了下来。
　　某某先生日日夜夜都待在她房间里。但他没有握着她的手。她太坏了。你他妈的放开我的手，她对某某先生说。你怎么回事，你疯了吗？我不需要一个软弱无能的、不敢对爸爸说一个"不"字的小娃娃抓着我不放。我需要一个男子汉，她说，一个男子汉。她看看他，翻翻眼睛，哈哈大笑。这不太像笑，可这笑声把他从床边赶走了。他坐在离灯远远的角落里。有时候她夜里醒来，她没看见。可他坐在那儿。坐在暗处抽烟斗。烟斗里没有烟丝。她第一句话就是，我不想闻什么该死的臭烟味。你听见了吗，艾伯特？
　　谁是艾伯特？我挺纳闷。后来我想起来，艾伯特是某某先生的名字。某某先生不抽烟了。也不喝酒了。连饭都不大吃。他只是待在小房间里守着她，小心地观察着她的呼吸。
　　她怎么了？我问。
　　你不想让她待在这儿就直话直说，他说。不过说了也没用。要是你不想要她……他没把话说完。
　　我要她在这儿，我连忙说。他看看我，好像我在打什么坏主意。
　　我只是想知道出什么事了，我说。

我看看他的脸。他的脸又疲惫又忧伤,两颊瘦削。他没什么下巴颏了,我想,我下巴颏上的肉还比他多一些。他的衣服脏极了,脏极了。他脱下衣服的时候,扬起了一片灰尘。

没有人为莎格斗争,他说。他的眼圈红了。

亲爱的上帝：

　　他们一起生了三个孩子，可他不好意思给她洗澡。也许他认为他会想他不该想的事情。可我又是怎么回事呢？我第一次看到莎格·艾弗里瘦长的黑身体和像她嘴唇一样的黑梅子似的乳头的时候，我以为我变成男人了。

　　你瞪着眼睛看什么？她问。一副讨人嫌的样子。她虚弱得像一只小猫。可她的嘴巴却刻薄得像尖利的爪子一样。你从来没见过女人的光身子？

　　没见过，太太，我说。我从来没见过。除非是索菲亚的身子。可她胖乎乎的、红红的、傻乎乎的，好像是我的妹妹。

　　她说，好吧，好好瞧瞧，即使我现在只剩下一把骨头了。她居然敢把一只手放在光屁股上对我飞个媚眼。后来我给她洗身子的时候，她咬紧牙关，翻起眼睛望着天花板。

　　我给她洗身子，我好像在做祷告。我两手颤抖，呼吸短促。

　　她说，你生过孩子吗？

　　我说，生过，太太。

　　她说，几个孩子？你别总是太太、太太地称呼我。我还没那么老。

　　我说，两个。

　　她问我，他们在哪儿？

　　我说，不知道。

　　她有点奇怪地看看我。

我的孩子跟姥姥在一起,她说。她嫌孩子们烦,我老得出门。
你想他们吗？我问。
不，她说。我什么都不想。

亲爱的上帝：

我问莎格·艾弗里，她早饭想吃些什么。她说，你有什么？我说，火腿、玉米粥、鸡蛋、软饼、咖啡、甜牛奶、撇去奶油的酸奶、烤饼、果子冻和果酱。

她说，就这么些？有没有橘子汁、柚子、草莓和奶油？茶呢？她哈哈笑了起来。

我不要你那些该死的吃食，她说。就给我一杯咖啡，再递给我那盒香烟。

我没和她争辩。我端来咖啡，给她点上香烟。她穿着一件白色的长睡衣，白袖子里露出的瘦削的黑手夹着一支白色的香烟，看上去很协调。她手上的某样东西使我害怕，也许是我看到的细小的血管和我尽量不去看的粗粗的筋。我觉得好像有样东西在推着我向前去。要是我一不留神，我会抓住她的手，把她的手指含在嘴里。

我能坐在这儿跟你一起吃吗？我问。

她耸耸肩。她只顾看杂志。杂志里几个白人妇女在哈哈大笑，用手指撑开她们的珠子项链，在汽车顶上跳舞、往喷泉里跳。她一页页地翻得很快，显出不太满意的样子。她那神情就像个不会玩玩具又要从玩具里取出一样东西的孩子。

她喝咖啡，抽香烟。我咬了一口家制的浓汁火腿。这种火腿煮起来的时候,香味能传到一英里[①]以外的地方。

没过多久,满屋子都是这种香味。

我往热乎乎的饼上抹了好多黄油,故意晃了晃。我把火腿汁都吸了,把鸡蛋倒进玉米粥里。

她使劲一口口地喷烟圈。她的咖啡看上去好像不是液体。

后来她说,西丽,我想喝杯水,可是床边上的水不新鲜。

她把杯子递过来。

我把盘子放在床边的牌桌上。我去给她舀水。我回来,端起盘子。好像有只小老鼠啃过这块饼,还有只老鼠把火腿叼走了。

她装得没事似的。抱怨她累了。打起瞌睡睡着了。

某某先生问我用什么办法让她吃东西的。

我说,活人闻到家制火腿的香味都要尝尝的。就算死了都还有机会尝尝的。也许会的。

某某先生哈哈大笑。

我发现他的眼神有点古怪。

我一直在担心哪,他说,一直担着心。他用两只手捂住了眼睛。

[①] 1英里约等于1.609公里。——编者注

亲爱的上帝：

莎格·艾弗里今天在床上坐了一小会儿。我给她洗了头，又把头发梳通。我从来没见到过这样打结的、又短又纠缠在一起的头发，可我爱她的每一绺头发。我把掉在梳子上的头发都留了起来。也许有一天我会搞到个发网，做个假发，把我自己的头发打扮得漂亮一些。

我给她梳头，好像她是个洋娃娃，好像她是奥莉维亚——好像她是妈妈。我梳梳拍拍，拍拍梳梳。开始她说，快点，快点梳好了事。后来，她稍稍变得温柔一些，靠着我的膝盖斜躺着。这样真好，她说，我妈妈从前待我就像这样。也许不是妈妈。也许是奶奶。她又伸手去摸香烟。她开始哼起歌来。

这是什么歌？我问。听起来有点粗俗下流。就像牧师说的听了就要犯罪的那种歌曲。更不用说唱了。

她又哼了几句。我一时想起来的调调，她说，我自己编的，你帮我从脑子里梳出来的东西。

亲爱的上帝：

某某先生的爸爸今天来了。他是个干瘪的小矮个儿，秃顶，戴一副金丝边眼镜。他清清嗓子，好像要发表声明似的。他讲起话来头歪在一边。

他开门见山地说了起来。

你不把她接到家里心里就不得安宁，是吗？他一边往台阶上走一边说。

某某先生没有开口。他望着栏杆外面井台边上的大树。他的目光落在哈波和索菲亚家的屋顶上。

您请坐。我向他推过一把椅子。您要不要喝杯凉水？

我听见莎格在窗户里面哼歌，她在反复练习那首小歌。我偷偷溜回她屋里，关上窗户。

某某老先生对某某先生说，莎格·艾弗里究竟有什么迷人的地方？她黑得像炭一样，她的头发跟绒毛似的。她的腿就像棒球棍。

某某先生没有吭声。我朝某某老先生的凉水里吐了口唾沫。

唉，某某老先生说，她还不干不净。我听说她得了可怕的妇女病。

我用手指搅水里的唾沫。我想到毛玻璃，琢磨起玻璃是怎么磨的。我一点都不生气。只是感到挺有意思的。

某某先生慢慢地侧过头来看他爸爸喝水。他非常伤心地说，你没法理解的，你不懂。他说，我爱莎格·艾弗里。一直爱她，永远爱她。我当初有机会的时候应该娶她的。

好嘛，某某老先生说，把你一辈子都毁了（某某先生咕哝了一句），还把我的一大笔钱也赔了进去。某某老先生清清嗓子。连她爸爸是谁都没人知道。

谁是她的爸爸，我从来就不在乎，某某先生说。

她妈妈到今天还拿白人的脏衣服来洗。还有，她的孩子各有各的爸爸。实在太轻薄、太乱了。

哼，某某先生转过脸来正对着他的爸爸。莎格·艾弗里所有的孩子都是一个爸爸生的。我向你担保。

某某老先生清清嗓子。好吧，这是我的房子。这是我的地。你的儿子哈波住的也是我的房子，我的地。我地里长野草的话，我就把它们拔了。要是有垃圾刮到我地里，我就烧了它。他起身要走。他把玻璃杯递给我。下次他再来的话，我要在他的杯子里倒点莎格·艾弗里的尿。看他喜不喜欢喝。

西丽，他说，我同情你，没有几个女人肯让丈夫的姘头睡在她们家里的。

他不是对我说这番话的。他在说给某某先生听。

某某先生抬起头看看我，我们的目光对上了。我们从来没感到这么亲近。

他说，西丽，把爸的帽子递给他。

我把帽子给了他。某某先生坐在栏杆边上的椅子里一动不动。我们望着某某老先生清清嗓子、骂骂咧咧地沿着大路走回家去。

接着来看望我们的是某某先生的哥哥托比阿斯。他真是又高又胖,像头黄色大笨熊。某某先生像他的爸爸,个儿矮小,可他哥哥要比他高多了。

她在哪儿?他笑眯眯地问,蜜蜂皇后在哪儿?我给她带了点东西来,他说着把一小盒巧克力放在栏杆上。

她在睡觉,我说,昨天夜里她没怎么睡着。

你过得怎么样,艾伯特?他顺手拉过一张椅子。他用手理了理抹得油亮的头发,摸摸鼻尖看有没有鼻屎,又在裤子上擦擦手,把皱纹抚平。

我刚听说莎格·艾弗里在这儿,他说。你留她住多久了?

哦,某某先生说,有两个月了。

该死的,托比阿斯说,我原先听说她快死了。这事说明,你不能听信别人的话,对吗?他摸摸自己的小胡子,用舌头舔舔嘴角。

你知道的好事不少吧,西丽小姐,他说。

不多,我说。

我和索菲亚又在拼一条被子。我又剪了大约五块布片,都铺开放在我腿边的桌子上。地上的篮子里也装满了碎布。

你总是忙,总是不闲着,他说。我真希望玛格丽特像你一样。可以省我好些钱。

托比阿斯和他爸爸老是钱啊钱的,好像他们的钱财还不少。其实某某老先生一直在卖地产,除了几幢房子和几块地以外,他已经没什么家产了。我和哈波的地里的收成比谁都多。

我把一小块布缝了起来。我看看布的颜色配得好不好。

我忽然听见托比阿斯挪椅子的声音，他叫了一声莎格。

莎格还有点病，不过快好了。她既邪恶又善良。眼下在大多数的日子里，她让我和某某先生看到的是她善的一面。不过今天她浑身邪气。她微微一笑，尖利得像把打开的剃刀。她嘴里说，哟，哟，瞧今天谁来了。

她穿了件我给她做的小花衬衫，没穿别的衣服。她把头发一排排编了起来，看上去像个十岁的孩子。她瘦得只剩下一把骨头，脸上只剩下一双眼睛了。

我和某某先生都抬起头来看她。我们都站起来扶她坐下。她没理会他。她拉过椅子坐在我身边。

她从篮子里随便捡起块碎布。迎着光亮看了一下，蹙起了眉头。这破玩意儿你是怎么缝的？她说。

我把我在缝的那一片给她，我另外再缝一块。她缝的针脚很大，歪歪斜斜的，使我想起她哼的那首曲里拐弯的歌儿。

第一次缝，还真不坏，我说。缝得挺好，好极了。她看看我，气呼呼地哼了一声。不管我做什么，你总说好，好极了，西丽小姐，她说。不过这是因为你分不清好坏。她笑了。我低下脑袋。

她比玛格丽特有能耐多了，托比阿斯说。玛格丽特要是拿起针线的话，她会把针插到别处，把你的鼻孔缝起来。

女人并不都是一个样，托比阿斯，她说。不管你信不信。

哦，我信的，他说，只是没法向世界证明。

我第一次想到了世界。

世界跟这种事情有什么关系,我想。我忽然看到自己坐在莎格·艾弗里和某某先生中间缝被子。我们三个人坐在一起,对面是托比阿斯和他那盒落满苍蝇的巧克力。我这辈子第一次感到心满意足。

亲爱的上帝：

　　我和索菲亚一起缝被子。在门廊里把布片拼起来。莎格·艾弗里把她那条黄色旧裙衫给我们当作碎布片，我只要有机会便缝上一块。图案很漂亮，叫"姐妹的选择①"。如果被子缝成后好看的话，我也许会送给她的。如果不好看，我也许就留着自己用。我想留给自己，因为里面有那些黄色的布块，它们看上去像星星，可又不是星星。某某先生和莎格沿着小道朝信箱走去。屋子里安静极了，只有苍蝇的嗡嗡声。它们不时转着圈子飞来飞去，它们吃饱喝足，享受炎热的乐趣，嗡嗡地叫得我直想睡觉。

　　索菲亚好像有心事，只是说不准是怎么回事。她俯身在绷架上，缝两针便往后靠在椅子上，远远地往院子对面望去。她终于放下针线说，西丽小姐，你给我讲讲，人为什么要吃东西。

　　为了活下去，我说，要不还为什么？当然有些人吃东西是因为东西很好吃。有些人是贪食。他们喜欢嘴里老嚼个没完。

　　你想出的理由就是这些吗？她问。

　　嗯，有时候也许是因为营养不足，我说。

　　她沉吟一阵。他不是营养不足，她说。

　　谁不是？我问。

　　哈波，她说。

---

① 这是一种精心缝制的被子，用各种碎布拼成，碎布可以是三角形、正方形或长方形的，并组合成各种图案。

哈波?

他一天比一天吃得多。

也许他有绦虫?

她皱皱眉头。不,她说,我看不是绦虫。绦虫叫人老饿。哈波不饿的时候也吃。

什么,硬吞下去?这叫人不能相信,不过有时候你天天都能听到新鲜事儿。不是我说的,这你明白,不过有些人确实这么说。

昨天晚上吃晚饭的时候,他一个人就吃了一锅软饼。

不会吧,我说。

他真的吃了。还喝了两大杯酸奶。还有,吃过晚饭。我给孩子们洗澡,安排他们上床睡觉。他应该洗盘子。可他没有用水洗,他是用舌头把盘子舔干净的。

哦,也许他特别饿。你们干活干得挺辛苦的。

没那么辛苦,她说。今天早上真见鬼,他一顿早饭吃掉了六个鸡蛋。他吃了那么多东西路都走不动了。我们走到地头,我以为他要晕倒了。

如果索菲亚说"见鬼"这两个字,那么准是出事了。也许他不想洗盘子,我说,他爸爸这一辈子都没洗过一个盘子。

你这么想?她说。他看上去可是很喜欢洗盘子的。说老实话,他可比我喜欢做这种家务事。我宁可下地,伺候牲口,甚至劈柴。可他喜欢做饭,收拾屋子,在家里做些零碎活。

他做饭倒真做得不错,我说。他会做饭真叫我大吃一惊。

他在家住的时候连个鸡蛋都没煮过。

我敢说他想做饭的,她说。他好像生来就会这一套。可是因为某某先生——你知道他是个什么样的人。

哦,他不坏,我说。

你真这么想,西丽小姐?索菲亚问。

我的意思是,在有些事情上他并不坏,可另外一些事情上他又不是那么回事了。

哦,她说。总之,下次他来的时候,你留心看看他吃不吃东西。

我注意到他吃了些什么。他走上台阶的时候,我先细细打量了他一番。他仍旧挺瘦,只有索菲亚一半壮,不过我发现他工装裤下面的肚子开始有点鼓了。

你有什么可吃的,西丽小姐?他边说边走到保暖箱前拿起一块炸鸡,又走到菜橱跟前拿了一块黑莓馅饼。他站在桌子边上大声地嚼啊嚼的。你有甜牛奶吗?他问。

有酸牛奶,我说。

他说,好极了。我就爱吃酸牛奶。他舀了一些。

索菲亚一定不给你吃饭了,我说。

你怎么想起说这个话。他满嘴东西,边吃边问。

嗨,午饭才吃没多久,可你又饿成这样了。

他没说话。光是吃。

当然,我说,晚饭时间也快到了。再有三四个小时就该吃了。

他在抽屉里乱翻，想找把勺子吃酸奶。他看见炉子后面的碗架上有块玉米饼就顺手抓过来掰成碎块，放进玻璃杯里。

我们又到门廊里去，他把脚跷在栏杆上。他把玻璃杯快捧到鼻子尖了，一个劲儿地吃酸奶和玉米饼。样子就像猪在槽前拱食。

你现在真心品出吃的东西的味道了吧。我听他吧唧吧唧地吃着，不由得说。

他不说话，还是一个劲儿地吃。

我朝院子对面望去。我看见索菲亚拖过一把梯子，靠在房子上。她穿着一条哈波的旧裤子。头上扎了一条头巾。她爬上梯子，上了屋顶，开始敲起钉子。敲钉子的声音传到院子这边好像一阵枪声。

哈波边吃边望着她。

他打了个饱嗝，说道，对不起，西丽小姐。他把杯子和勺子送回厨房。走出来后道了声再见。

不管出了什么事情，不管谁来了，不管他们说什么做什么，哈波总是在吃东西。他从早到晚想的就是吃。他的肚子越来越大，但别的地方不发胖。他看上去好像怀孕了。

什么时候该生了？我们问。

哈波不说话。他伸手又去拿一块馅饼。

亲爱的上帝：

这个周末哈波是在我家过的。星期五晚上某某先生、莎格和我已经上床睡了。我忽然听见有人在哭。哈波坐在门外台阶上，哭得好像心都碎了。哇，呜呜，呜呜。他两手抱着脑袋，满脸眼泪鼻涕。我递给他一块手绢，他擤擤鼻子，抬起头来，两只眼睛肿得有拳头那么大。

你眼睛怎么了？我问。

他费尽脑汁想编个故事，可后来还是讲了实话。

索菲亚嘛，他说。

你还在跟索菲亚过不去？我问。

她是我老婆，他说。

那你也不能老找她的别扭，我说。索菲亚是爱你的，她是个好老婆。待孩子好，人长得又俊。能吃苦干活，敬畏上帝，还干净。我真不知道你还要什么。

哈波抽噎了一下。

我要她听我的话，就像你听爸吩咐一样。

哦，天哪，我说。

爸叫你干什么，你马上就干。他说。他叫你别做，你就不做。你不照他说的办，他就揍你。

有时候，我说，不管我是不是照他说的做了，他还是揍我。

对，哈波说。可索菲亚就不一样。她想怎么做就怎么做，从来不理会我。我要揍她，她就把我的眼睛打青了。哇，呜呜，他又哭起来了，呜呜呜。

我伸手去拿我的手绢。也许我该推他一下，把他跟他那青紫的眼睛一起推下台阶。我想起索菲亚，她使我发笑。我从前常拿弓箭打野味的，她说。

有些女人是打不得的，我说。索菲亚就是这样的女人。况且，她爱你。你要是好好跟她说，也许她多半都会照着你说的话办的。她并不自私，没有坏心眼。她不记仇。

他垂头坐着，呆呆的。

哈波，我推他一下，索菲亚爱你。你也爱索菲亚。

他使劲睁开青肿的眼睛看看我。什么，太太？他说。

某某先生是为了要我照料孩子才娶我的。我是因为我爸爸的逼迫才嫁给他的。我并不爱某某先生，他也不爱我。

可你是他的老婆，他说，就像索菲亚是我的老婆一样。老婆就该听话。

莎格听某某先生的话吗？我问。她才是他想娶的女人。她叫他艾伯特，说他的裤衩刚穿上就发臭。他挺瘦小，等她体重恢复了，她就能在他闹别扭的时候骑在他身上。

我干吗要提体重。哈波又哭了起来。他开始呕吐。他凑在台阶边上吐了又吐。好像肚子里这一年吃的馅饼都翻了上来。他吐完了，我把他安置在莎格小房间边上的一张床上。他倒头便呼呼大睡。

亲爱的上帝:

我去看索菲亚。她还在修屋顶。

该死的玩意儿老漏雨,她说。

她到木头垛那儿去劈木板,用来盖房顶使。她把一大块方木头放在案板上劈了又劈。她做成平平整整的大板条。她放下斧子,问我要不要喝点柠檬水。

我仔细打量她一番。她只是手腕上有块乌青,她身上不像有伤痕的样子。

你跟哈波日子过得怎么样?我问。

呃,她说,他不那么猛吃了。不过也许他只是歇一阵子。

他想要长得跟你一样壮,我说。

她吸了一口气。我也这么琢磨来着,她说着慢慢地又呼出一口气来。孩子们都奔了过来,妈妈,妈妈,我们要喝柠檬水。她给他们倒了五杯,给我们俩倒了两杯。她去年做了个木头秋千,挂在门廊里遮阴的一面。我们就坐在秋千上。

我对哈波有点厌烦了,她说,我们结婚以来,他一心想的就是要我听话。他并不要老婆,他要的是条狗。

他是你的丈夫,我说,你得守着他。要不然,你还有什么办法?

我姐姐的丈夫给征兵入伍了,她说,他们没孩子,奥德莎喜欢孩子。他给她留下一个小农场。也许我会去跟她待一阵子。我跟孩子们。

我想起妹妹耐蒂。我的心跟刀扎似的一阵疼痛。有个人可以去投靠，这实在太妙了。

索菲亚皱起眉头，望着玻璃杯接着往下说。

我现在不喜欢跟他同床作乐了，她说。从前他碰碰我，我就晕头转向。现在他也来摸我，可我根本不要他动手动脚。他一爬到我身上我就想，他就是爱干这个。她啜一口柠檬水。我从前真喜欢干这个，她说，我常常把他从地里赶到家里。看着他哄孩子们上床睡觉，我就浑身发热。可现在不啦。现在我老觉得累。没兴趣了。

算了，算了，我说。多想想，也许这种劲又会来的。不过我只是说说而已。我对这种事情不大懂。某某先生爬到我身上，干他的公事，十分钟以后我们都睡着了。我只有想起莎格，心里才有些痒痒。可这就好像跑到路的尽头还得再返回来。

你知道最糟糕的是什么？她说。最糟糕的是他并没有发觉我不感兴趣。他趴在我身上，照样高高兴兴的。不管我在想什么。不管我情绪怎么样。他就是只有自己。他好像没放进什么感情。她气呼呼地哼了一声。他这么做，使我真想把他杀了。

我们顺着通往我家的路望去，看见莎格和某某先生坐在台阶上。他凑过身子从她头发上拿起一样东西。

我不知道，索菲亚说。也许我不会走的。我心底里还是爱哈波的。可——他实在把我累坏了。她打了个哈欠。哈哈一笑。我需要休假，她说。她又回到木头垛那儿劈了几块盖屋顶用的木板。

亲爱的上帝：

　　索菲亚的姐妹们就像她说的那样都身材高大，结实健壮，个个都是魁梧而有男子气概的女子。她们一大清早就坐了两辆马车来接索菲亚。她没什么东西要带的，只有她跟孩子们的衣服、她去年冬天做的褥垫、一面镜子和一把摇椅，还有那群孩子。

　　哈波坐在台阶上，摆出满不在乎的样子。他在织捕鱼用的网。他不时朝小溪看两眼，嘴里吹个小调。不过，跟他平时吹的口哨比，今天可真是没精打采。他的口哨声好像掉进了一个罐子里，罐子又掉到了溪底。

　　我到了最后关头才决定把缝的那条被子给索菲亚。我不知道她姐姐家什么样，不过天气一直冷得够呛。据我所知，她跟孩子们都得睡地板。

　　你真让她走吗？我问哈波。

　　看他那副神情，好像只有我这样的傻瓜才会问这种问题似的。他吐了口气。她决定要走，他说，我怎么拦得了她？让她走吧，他说着瞥了一眼她姐妹的马车。

　　我们坐在台阶上。我们只听见屋子里咚咚咚的沉重的脚步声。如果索菲亚的姐妹们同时走起路来，房子都会震得摇晃起来的。

　　我们上哪儿去？最大的女儿问。

　　去看奥德莎阿姨，索菲亚说。

爸爸也去吗？她问。

不去，索菲亚说。

爸爸干吗不去？另一个孩子问。

爸爸得留在这儿照看房子。照顾迪尔西、柯柯和波。

那孩子走到他爸跟前，使劲盯着他看。

你不一块儿来吗？他说。

哈波说，不来。

这孩子悄悄地对满地乱爬的小娃娃说，爸爸不跟我们一块儿去，你说怎么办。

娃娃一动不动地坐着，拼命使劲，放了个屁。

我们都笑了，不过也挺难受的。哈波抱起娃娃，摸摸尿布，准备给她换一块。

我看她没拉屎，索菲亚说，只是放了个屁。

可他还是给她换了尿布。他抱着娃娃走到小阳台的角落里，免得碍手碍脚。他用换下来的干尿布擦擦眼睛。

末了，他把娃娃交给了索菲亚。她一手抱着孩子，一手把一包尿布和吃食搭在肩膀上。她把孩子们都叫到一块儿，让他们跟爸爸说再见。她抱着孩子背着东西，使劲搂抱我一下便爬上马车。除了两个赶车的以外，每个姐妹的腿上都有个孩子，她们一声不响地离开索菲亚和哈波的院子，赶着马车走过我家的屋子。

亲爱的上帝：

索菲亚走了六个月，哈波完全变成另一个人了。过去他老待在家里，现在他整天在外边逛。

我问他在干些什么。他说，西丽小姐，我学到了一些东西。

他学到的第一件东西是漂亮。第二件是聪明。还有一件是赚钱。他没说他的老师是谁。

索菲亚走以前，我从来没有听到过多少敲打声。可现在，他天天晚上下地回来就拆啊钉的。有时候他的朋友斯温来帮忙。他们俩一干就是大半夜。非得要某某先生大声呵斥，他们才住手。

你们在盖什么？我问。

小酒吧间，他说。

盖在这么僻静的地方？

不见得比别的酒吧更僻静。

我不知道别的酒吧在哪儿，我只知道有个幸运之星酒吧。

酒吧其实应该设在树林里，哈波说。这样音乐的响声就吵不了别人啦。还有跳舞啊，打架啊。

斯温说，还有杀人哩。

哈波说，警察不知道该上哪儿去找。

你这么拆她的房子，索菲亚该怎么说？我问。万一她跟孩子们回来了，她们在哪儿睡？

她们不回来了,哈波说。他正在用几块板子钉柜台。
你怎么知道?我问。
他没有回答。他还是干他的活,什么事都跟斯温一起干。

亲爱的上帝：

　　第一个星期，没人来。第二个星期来了三四个人。第三个星期只有一个人。哈波坐在小柜台后面听斯温弹吉他。

　　他备有店里买来的冷饮、烤肉、小肠、面包。他做了两块哈波酒吧的牌子，一块挂在房子一头，一块挂在大路上。可是他没有顾客。

　　我顺着小路走到他院子里，站在门外往里面张望。哈波朝我招招手。

　　进来呀，西丽小姐，他说。

　　我说，不啦，谢谢。

　　某某先生有时走过去，喝杯冷饮，听斯温弹吉他。莎格小姐隔一阵子也去一次。她还穿那件小褂子，我还给她把头发全编起来。不过头发长长了一些，她说她就要去烫头发了。

　　哈波不知该怎么对待莎格。因为她常常心直口快，想到什么就说什么，不大讲礼貌。有时候，我发现他使劲盯着她看，可他还以为我没有发现。

　　有一天他说，没人想跑这么老远来听斯温弹琴。我不知道能不能把蜜蜂皇后请来唱唱歌。

　　我不知道，我说，她好多了，老在哼啊唱的。她也许喜欢重新工作的。你干吗不问问她？

　　莎格说，他的酒吧跟她以前唱歌的地方没法比，不过她想她也许可以赏个脸唱一支歌。

哈波和斯温恳求某某先生从箱子里拿出几张莎格从前的海报送给他们。他们把柯尔曼路幸运之星酒吧这几个字划掉，写上某某农场哈波酒吧，贴在通往城里和我家的交叉路口的大树上。星期六晚上人来得多极了，房间里都挤不下。

莎格，莎格宝贝，我们以为你早死了。

十个有九个人这么说着跟莎格打招呼。

真没想到是你来了，莎格高兴地笑着说。

我总算能看到莎格唱歌了。我得去看她。我得去听她唱歌。

某某先生不想让我去。女人不该去这样的地方，他说。

对，可是西丽得去，莎格说。当时我在给她烫头发。我唱歌的时候要是犯病了怎么办？她说。要是我的衣裳坏了怎么办？她穿一件紧身红裙服，裙服的带子好像是两根细线做的。

某某先生边换衣服边咕哝着。我的老婆不能这么做。我的老婆不能那么办。我的老婆不能……他没完没了地数落着。

莎格·艾弗里憋不住说了一句，幸好他妈的我不是你的老婆。

他不出声了。我们三人一起上哈波那儿去。某某先生和我坐一张桌子。某某先生喝威士忌酒。我要了一杯冷饮。

莎格先唱了一首一个叫贝西·史密斯的人写的歌。她说贝西是她的熟人，老朋友了。这首歌叫《好人难寻》。她唱的时候有意无意地看了某某先生几眼。我也看看他。他虽然身材瘦小，现在却挺起胸膛来精神了。他好像坐不住了。我看看莎格，觉得揪心。我心里太难受了，只好用手捂着心口。我觉得我还不如钻到桌子底下去的好。我恨我自己长得难看，我恨自己穿得太糟糕。我的衣柜里只有去教堂穿的那一套衣服还能穿得出去。某某先生却对莎格紧身红裙服里露出的光滑的黑皮肤、穿着时髦的红皮鞋的小脚和烫成波浪形的乌亮的头发看得出了神。

眼泪不知不觉地顺着我的下巴颏流了下来。

我有些糊涂了。

他喜欢看莎格。我也喜欢看莎格。

但莎格只喜欢看我们两个人中的一个。他。

本该如此。我知道的。但是既然如此，我为什么这样伤心呢？

我低着头，脑袋快埋在玻璃杯里了。

忽然，我听见有人喊我的名字。

莎格说，西丽。西丽小姐。我抬头朝她望去。

她又叫了一遍我的名字。她说，我现在要唱的歌叫《西丽小姐之歌》。我生病的时候她常帮我梳头，我于是写了这首歌。

她先像在家里的时候那样哼了几句。后来她唱了起来。

这支歌讲的仍旧是没心肝的男人委屈了她。可我没去听歌词。我随着她的调儿也哼了起来。

这是头一回有人用我的名字作标题，写歌曲。

亲爱的上帝：

沙格很快就要走了。她现在每到周末都在哈波酒吧唱歌。他从她身上赚了不少钱，她也赚了一些。她身体长结实了，又胖起来了。开头两个晚上她歌唱得不错但有点虚弱，现在她声音洪亮，底气很足。外边院子里的人都能听得清清楚楚。她和斯温配合得真好。她唱歌，他弹吉他。哈波酒吧真不错。沿着墙都是小桌子，桌上点着我做的蜡烛。外面小河边上也是小桌子。有时候我从我们家朝大路望去，索菲亚的房子里里外外像是一群群萤火虫。一到晚上莎格就急着上那儿去。

有一天她对我说，呃，西丽小姐，我看我该走了。

什么时候走？我问。

下月初，她说。六月里。六月是出门闯江湖的好时光。

我什么话都没说。我难过，同耐蒂走的时候一样。

她走过来扶住我的肩膀。

你不在的时候他老打我，我说。

谁打你？她说，艾伯特？

某某先生，我说。

我真没法相信，她说。她重重地坐在我身边的长凳上，像是摔下去的。

他干吗要打你？她问。

因为我是我，不是你。

哦，西丽小姐，她一把搂住我。

我们就这样坐了大约半小时。后来她吻了吻我肩膀有肉的地方，便站了起来。我不走了，她说，等到艾伯特肯定不再想打你的时候我再走。

亲爱的上帝：

我们都知道她快走了，他俩晚上睡在一起了。不是每天晚上，但也差不多了，从星期五到星期一他们都一起睡。

他到哈波酒吧听她唱歌。其实就是去看她。他们很晚才回家。他们嘻嘻哈哈，说说笑笑，打打闹闹，一直搞到天亮。然后他们上床睡觉，一直睡到她又该去唱歌的时候。

他们第一次一起睡觉完全是巧合。他们一时高兴，忘乎所以了。这是莎格的话。他什么都没说过。

她问我，对我说实话，她说，艾伯特跟我睡觉，你生气吗？

我心想，我才不管艾伯特跟谁睡觉呢。可我没有说出口。

我说，你也许会怀上的。

她说，不会的。戴着避孕套不会的。

你还是爱他的吧？我问。

她说，我对他是所谓的一往情深。我要是想找丈夫的话就一定找他。可是他太懦弱了，她说。我下不了决心，不知道他想要什么。而且照你说的，他还是个恶棍。不过他身上还是有我喜欢的地方。他闻着味道对头。他很瘦小。他让我发笑。

你喜欢跟他睡觉？我问。

喜欢，西丽，她说，我得坦白承认，我实在太喜欢了。难道你不是这样吗？

不，我说，某某先生可以告诉你，我一点都不喜欢。有什么可喜欢的？他趴在你身上，把你的睡衣撩到腰那儿。大多数的情况下，我假装我不在那儿。他一点都感觉不出有什么两样。从来不问问我喜欢不喜欢，什么也不说，就是干他的公事，翻身下去，睡着了。

她笑了起来。干他的公事，她说。干他的公事。哎呀，西丽小姐，你说得好像他在你身上拉屎撒尿。

我觉得就是那么回事，我说。

她收住笑声。

你从来不喜欢？她挺奇怪地问道。连跟你孩子爸爸在一起时也不喜欢？

从来没喜欢过，我说。

哎呀，西丽小姐，她说，你还是个处女。

什么？我问。

听着，她说，你下身有个圆东西。你干那种事的时候，这个圆东西会发热。它越来越热，热得化掉了。这是最好的地方。别的地方也好极了，她说。这儿那儿，吮啊吸的，她说。手指头、舌头都忙个不停。

圆东西？手指头、舌头？我的脸红得快烧化了。

她说，来，拿这面镜子去照照下身。我敢说你从来没看过，是吗？

没有。

我敢说你从来没看过艾伯特的下身。

我摸过他，我说。

我拿着镜子站着。

她说，怎么，去照照自己都害臊吗？你看上去挺聪明的。到哈波酒吧去的时候打扮得漂漂亮亮的，抹得香喷喷的，可就是不敢看看自己的下身。

我看的时候，你陪着我，我说。

我们像两个淘气的小女孩，一起跑到我的房间里。

你把着门，我说。

她咯咯地笑了。好吧，她说。没有人来。平安无事。

她说，既然你在看，干脆也看看你的奶头。我撩起裙子看奶头。想起我的孩子吮奶的时候。想起我当时身上会一阵颤抖。有时还挺厉害。生孩子最有意思的时候是喂奶。

艾伯特和哈波来了，她说。我赶快拉上裤衩，把裙子扯好拉平。我好像干了件亏心事似的。

你跟他睡觉我无所谓，我说。

她信了我的话。

我也相信自己的话。

可当我真听见他们两人在一起的时候，我只好用被子蒙着头，摸摸我的圆东西和奶头，大哭一场。

亲爱的上帝：

一天晚上，莎格唱了一首热情奔放的歌。真没想到，就在这个时候，索菲亚大步走进哈波酒吧的店门。

她身边还有一个高大魁梧、像个拳击手的男人。

她还同从前一样，结结实实，生龙活虎。

哎呀，西丽小姐。又见到你了，真是好极了。又见到某某先生，也真好极了，她说。她握握他的手。虽然他握起手来不大有力气，她说。

他好像真的很高兴见到她。

来，拉张椅子过来，他说，喝杯冷饮吧。

给我来杯白酒，她说。

拳击手拉过一张椅子，叉开腿跨坐着。他搂着索菲亚，好像是在自己的家里。

我隔着屋子看到哈波和他那黄皮肤的小个子女朋友。哈波望着索菲亚，像是看见了鬼怪。

这位是亨利·布劳耐克斯，索菲亚说，大家都叫他白斯特。他是我家的好朋友。

你们大家好。他高高兴兴地向大家笑笑。我们大家又去听音乐。莎格穿了件金色的礼服，开胸很低，快露出奶头来了。大家都有点希望裙子的带子会忽然断了。可那条裙子很结实。

天哪，天哪，白斯特说。救火队都没用了。得去找司法机关。^①某某先生悄悄问索菲亚,你的孩子在哪儿?

她悄声回答,我的孩子在家里。你的呢?

他不说话了。

两个女孩长大了,走了。鲍勃出了监狱又进监狱。要不是他的爷爷是黑人警长的叔叔,而警长跟鲍勃又长得很像的话,他恐怕早就给用私刑处死了。

我看到索菲亚气色好极了,真是替她高兴。

莎格唱完歌,我隔着桌子对索菲亚说,好多女人生了五个孩子就显得憔悴了。可你好像还能再生五个。

哦,她说,我现在有六个孩子了,西丽小姐。

六个。我大吃一惊。

她一扬头,看看哈波。生活不会因为你离开家就停止的,西丽小姐。这你总该明白的吧。

我心想,我的生活就是从离家那天开始停止的。可我又想,也许我的生活因为跟某某先生在一起才中断的,但自从有了莎格,我又重新开始生活了。

莎格走过来,她和索菲亚互相拥抱。

莎格说,姑娘,你看样子活得很不错,你真不错。

这时候,我才注意到莎格有时举止谈吐像个男人。男人才对女人说这样的话:姑娘,你看样子活得很不错。女人总是谈发式和健康问题。养活了几个孩子啊,死了几个啊,长了几颗

---

① 指莎格的歌热情奔放,十分挑逗人。

牙啊，等等。从来不谈她们搂着的女人看样子活得很不错。

所有男人的眼睛都死死地盯着莎格的胸脯。我的眼睛也死死地盯着她的胸脯。我觉得我的奶头开始发硬，顶着我的衣裳。我下身那小圆东西也有点竖起来了。莎格，我在心里对她说，姑娘，你看上去活得真不错。老天爷知道，你的样子真不错。

你来这儿干吗？哈波问。

索菲亚说，来听莎格小姐唱歌。你这地方真好，哈波。她四下看看。她的眼神表示她样样东西都喜欢。

这简直不像话，一个有了五个孩子的女人还在半夜三更上酒吧。

索菲亚冷静下来。她上上下下打量着他。

他不再拼命填肚子了，可他倒长胖了，脸啊，头啊，浑身都发福了。这主要是因为他喝家制烧酒和吃剩下的烤肉的缘故。现在他跟她一样壮了。

女人有时候也得寻欢作乐，她说。

女人该待在家里，他说。

她说，这儿就是我的家。不过我觉得做酒吧更好。

哈波看看拳击手。拳击手把椅子往后挪一下，拿起酒杯。

我不替索菲亚打架，他说，我就是爱她，带她到她喜欢去的地方。

哈波松了一口气。

咱俩跳个舞吧，他说。

索菲亚哈哈一笑，站起身子。两手搂着他的脖子。他们慢慢地跳了起来。

哈波的小个子黄皮肤的女朋友不高兴了,她靠在柜台上。她是个好姑娘,待人友好,什么都不错。可她像我。她对哈波事事顺从。

他给她起了个小外号,叫她吱吱叫。

吱吱叫很快鼓起勇气,想插进去拆开他们两人。

哈波带索菲亚转到另一边,不让她看见吱吱叫。可吱吱叫老没完没了地拍哈波的肩膀。

末了,他和索菲亚停下来不跳了。他们站在离我们的桌子大约两英尺①的地方。

莎格说,哎哟,她用下巴颏指了一下,那边要出事了。

这女人是谁?吱吱叫细声细气地责问道。

你知道她是谁,哈波说。

吱吱叫转过脸对索菲亚说,喂,你最好别缠着他。

索菲亚说,好啊,我无所谓。她转身想走。

哈波一把抓住她的胳膊。嘿,你哪儿也不用去。他妈的,这儿就是你的家。

吱吱叫说,这儿就是她的家,你这是什么意思?是她遗弃了你。是她离开这个家的。你们的情分早没了,她对索菲亚说。

索菲亚说,我无所谓。她想挣脱哈波的手。但他抓得很紧。

听我说,吱吱叫,哈波说,难道一个人跟自己的老婆跳舞

---

① 1英尺约等于0.3048米。——编者注

都不行吗？吱吱叫说，我的男人就不可以这样做。你听见了吗？娼妇，她对索菲亚说。

索菲亚对吱吱叫有点不耐烦了。我一看她的耳朵就知道了。她的耳朵有点朝后靠了。不过，多少为了结束这场争吵，她又说了一遍，好啊，我无所谓。

吱吱叫猛地打了她一个耳光。

她这是干吗啊。索菲亚从来不做打耳光这种女人气的事情。她攥紧拳头，后退半步，一拳打掉吱吱叫的两颗大牙。吱吱叫摔倒在地上。一颗牙挂在嘴唇上。另外一颗飞到我的汽水杯里。

吱吱叫躺在地上直踢哈波的腿。

你把这个娼妇赶出去，她哭喊着，血和着口水顺着下巴流下来。

哈波和索菲亚并排站着低头望着吱吱叫。我认为他们没听见她的话。哈波还抓着索菲亚的胳臂。也许过了半分钟。他总算放开她的手，弯下腰去把可怜的小吱吱叫搂在怀里。他哄了又哄，好像她是个小娃娃。

索菲亚走过来找拳击手。他们两个走出门去连头都不回。我们听见汽车马达的轰鸣声。

亲爱的上帝：

　　哈波闷闷不乐。他擦擦柜台，点上一支香烟，望望大门外，走来又走去。小吱吱叫跟在他身边想引起他的注意。宝贝这个，她说，宝贝那个。可哈波望着她脑袋后面的地方，一口口地吐烟圈。

　　吱吱叫来到我和某某先生坐着的角落。她嘴里装了两颗光灿灿的金牙，她老是在微笑。现在她哭了。西丽小姐，她说，哈波怎么了？

　　索菲亚进监狱了，我说。

　　进监狱了？她那神情好像我说的是索菲亚上月球了。

　　她怎么会进监狱的？她问。

　　她跟市长的老婆顶嘴，我说。

　　吱吱叫拉过一张椅子。她望着我的嘴巴。

　　你的真名叫什么？我问她。她说，玛丽·阿格纽斯。

　　你要让哈波叫你的真名，我说，那样的话，也许他即使有烦恼也会看得见你的。

　　她莫名其妙地看着我。我没再说下去。只是把索菲亚一个妹妹告诉我和某某先生的话告诉了她。

　　索菲亚和拳击手还有所有她的孩子坐上拳击手的汽车进城去。他们大摇大摆地在大街上溜达。正好市长和他的太太走过来。

　　这么些孩子，市长太太边说边在手提包里摸着。个个都乖巧伶俐。她停了下来，摸摸一个孩子的脑袋。又说，牙齿真白，真结实。

索菲亚和拳击手没有吭声。等着她走过去。市长也等着，他站在后边，用脚敲敲地面，微笑着望着她。哎呀米莉，他说，你老要打量这些黑人。米莉小姐又摸摸孩子，抬起头看看索菲亚和拳击手。她望望拳击手的汽车。她看了一眼索菲亚的手表。她对索菲亚说，你的孩子都挺干净的，她说，你来替我干活，做我的用人好吗？

索菲亚说，他妈的，不好。

她说，你说什么？

索菲亚说，他妈的，不好。

市长看看索菲亚，把太太推到一边。他挺起胸，喂，姑娘，你对米莉小姐说什么来着？

索菲亚说，我说，他妈的，不好。

他打了她一个耳光。

我不再说下去。

吱吱叫坐在椅子边。她等着。她等着我张嘴。

用不着再说了，某某先生说，你知道要是有人打她耳光的话，索菲亚会怎么对付的。

吱吱叫脸色煞白。不，她说。

不什么，我说。索菲亚把那人打倒在地。

警察来了，他们把爬在市长身上的孩子一个个地揪下来，拿他们的脑袋对着撞。索菲亚真跟他们打起来了。他们把她拖翻在地上。

我说不下去了。泪水糊住我的眼睛,我的嗓子眼直发紧。

可怜的吱吱叫在椅子里缩成一团,浑身哆嗦。

他们打索菲亚,某某先生说。

吱吱叫蹦了起来,飞奔到柜台后面,一把搂住哈波。他们互相搂着,哭了很久。

这时候拳击手在干吗?我问索菲亚的姐姐奥德莎。

他也想一起打,她说,可索菲亚说,别打,把孩子们领回家去。

警察早就拿枪对着他了。他动一下就没命了。他们有六个人,你知道吗。

某某先生去求警长让我们见见索菲亚。某某先生的儿子鲍勃老闯祸,长得跟警长一模一样。某某先生知道警长是黑人。他和某某先生快成一家人了。

警长说,你儿子的老婆,她真是个疯女人。你知道吗?

某某先生说,是的,先生。我们知道的。十二年来我们一直对哈波说她是个疯子。他们结婚以前我就说了。索菲亚娘家就有疯子,某某先生说,这并不都是她的错。况且,警长知道疯女人是怎么回事。

警长想起他认识的那些女人。他说,是啊,你说得对。

某某先生说,要是我们能见到她的话,我们会告诉她,她是个疯子。

警长说,我们一定让你们见她一面。告诉她,她命大才活着。

我看见索菲亚的时候，真不明白她怎么还活着。他们打破了她的脑袋。他们打断了她的肋骨。他们把她半个鼻子掀了。他们把她一只眼睛打瞎了。她从头到脚浑身浮肿。舌头有我胳膊那么粗，伸到牙齿外面，就像块橡皮。她不会说话了。她浑身青紫，像个茄子似的。

我吓坏了，差点没把手提包扔了。不过我没有松手。我把提包放在牢房地板上，取出木梳、头刷、睡衣、榛子油和酒精，我开始帮她收拾伤口。黑人看守给我端来水，让我替她擦洗。我先洗只有两条小缝的眼睛。

亲爱的上帝：

他们让索菲亚在监狱洗衣房工作。从早上五点到晚上八点，整天就是洗衣服。脏囚衣、脏床单、脏毯子多得永远洗不完。我们一个月见她两次，每次半小时。她脸色蜡黄，病歪歪的，手指头肿得跟胡萝卜似的。

这儿什么都不好，她说，连空气都是脏的。饭菜差极了，吃了能送命。这儿有蟑螂、耗子、苍蝇、跳蚤，还有蛇。你要是说话不小心，他们就剥光你的衣服，让你睡在水泥地上，还不给你点灯。

那你怎么办？我问。

他们一叫我干活，西丽小姐，我就像你那样，马上跳起来照他们说的去办。

她说话时神色慌乱，那只被打坏了的眼睛在屋子里四下张望。

某某先生倒吸了一口气。哈波痛苦地哼了一声。莎格小姐咒骂起来。她是专程从孟菲斯赶来看索菲亚的。

我说不上我在想些什么。

我是个好犯人，她说，他们从来没见过我这么规矩的犯人。他们不相信我就是那个跟市长太太顶嘴、打市长的人。她哈哈一笑。简直就像歌里说的，人人都回家了，就你回不去。

要规规矩矩过十二年实在有点太长了，她说。

也许你会因为表现好被提前释放的，哈波说。

表现好还不够,她说,你简直得趴在地上用舌头舔他们的靴子,他们才会想起你来。我做梦都想杀人,她说,不管醒着还是睡着,我都想杀人。

我们一声不响。

孩子们好吗?她问。

他们都好,哈波说。奥德莎和吱吱叫照料他们,他们都不错。

替我谢谢吱吱叫,她说,告诉奥德莎我很想她。

亲爱的上帝：

吃完晚饭，我们都围着桌子坐着。我、莎格、某某先生、吱吱叫、拳击手、奥德莎和索菲亚的另外两个姐妹。

索菲亚活不长了，某某先生说。

是的，哈波说，我看她有点不大对头了。

听她说的那些话，莎格说，天哪，真惨。

我们得想点办法，某某先生说，而且还得赶快想办法。

我们有什么办法呢？吱吱叫问。她一下子既要照料索菲亚又要照看她那群孩子，人显得有些憔悴，可她咬牙挺着。她头发有些蓬乱，衬裙露了出来。可她还照样干。

把她劫出来，哈波说。向大路边上修大桥的那帮人要点炸药，把监狱炸个粉碎。

住口，哈波，某某先生说，我们大家都在想办法。

我有办法了，拳击手说，偷偷送进一支枪去。呃，他摸摸下巴颏，也许偷偷送进一把锉刀。

不行，奥德莎说，她要是这么出来的话，他们还会来抓她的。

我和吱吱叫没有说话。我不知道她在想什么，我在想天使，上帝赶着马车来，赶得低低的，把索菲亚带回老家去。我好像看见他们了，看得清楚极了。天使们一身白，白头发、白眼睛，像得了白化病的人。上帝也是雪白的，像在银行里工作的胖胖的白人。天使敲打铙钹,其中一个吹起号角,上帝吐出一口火焰,突然间索菲亚自由了。

谁是监狱长的黑人亲属?某某先生说。

没有人说话。

最后拳击手开口了。他叫什么名字?他问。

霍奇斯,哈波说,布伯·霍奇斯。

亨利·霍奇斯老头的儿子,某某先生说。以前就住在老霍奇斯那块地里。

他有个兄弟叫吉米?吱吱叫问。

对,某某先生说,他兄弟叫吉米。跟那个夸特曼的姑娘结了婚。她爹开五金店。你认识他们?

吱吱叫低下头。含含糊糊地说了一句话。

你说什么?某某先生问。

吱吱叫脸红了。她又小声咕哝了一句。

吉米是你的什么人?某某先生问。

表亲,她说。

某某先生看看她。

我爸爸,她说。她瞥了哈波一眼。又低头去看地板。

他知道吗?某某先生问。

知道,她说,他跟我妈妈生了三个孩子。还有两个比我小。

他兄弟知道吗?某某先生问。

有一次他跟吉米先生来我家,他给我们每人一个两毛五分钱的硬币，说我们长得真像霍奇斯家的人。

某某先生向后翘起他的椅子，从头到脚好好地打量了吱吱叫一番。吱吱叫把油乎乎的棕色头发从脸上往后捋了一把。

对，某某先生说，我看出你们长得相像的地方了。他让椅子的前腿重新着地。

唔，看来得让你去。

去哪儿？吱吱叫问。

去看监狱长。他是你的叔叔。

亲爱的上帝：

我们把吱吱叫打扮得像个白人妇女，只不过她的衣服打过补丁。她穿了一件浆洗过又烫过的裙服，蹬一双磨得挺厉害的皮鞋，戴一顶别人送给莎格的旧帽子。我们给她一个像被套似的钱袋，还有一本黑封面的《圣经》。我们给她洗头，把油腻洗得干干净净的。我把她的头发编成两条辫子盘在头上。我们把她洗得干净极了，她闻起来就像擦洗得干干净净的地板。

我该说些什么？她问。

就说你跟索菲亚的丈夫同居，她丈夫说对索菲亚惩罚得还不够厉害。说她取笑那些看守，把他们当傻瓜。说她待在那儿舒服极了。还挺高兴，因为她不用给白人女人当用人了。

上帝啊，吱吱叫说，这样的话我怎么能说出口？

他要是问起你是谁的话，好好提醒他。告诉他你永远记得他给过你两角五分钱。

那是十五年以前的事儿，吱吱叫说，他不会记得的。

让他认出来你长得像霍奇斯家的人，奥德莎说。那他就会记得了。

告诉他你认为他们应该主持正义。一定要让他知道你现在跟索菲亚的丈夫同居。莎格说，你一定别忘了说她待在监狱里挺高兴的。她最怕给白人太太当用人。

我不明白,拳击手说,你们的话听起来很像老汤姆叔叔①讲的话。

莎格嗤之以鼻。哼,她说,汤姆叔叔不这样就不叫叔叔了。

---

① 指斯托夫人的《汤姆叔叔的小屋》中的主人公,对白人很驯服的黑奴汤姆。

亲爱的上帝：

可怜的小吱吱叫一拐一拐地走回家。她的衣服撕破了，帽子丢了，一只鞋的后跟掉了。

出什么事啦？我们问。

他认出来我长得像霍奇斯家的人，她说，他一点都不喜欢。

哈波走出汽车，走上台阶。我老婆被打坏了，我的情人又被强奸了，他说，我应该拿支枪去，要不然就放把火烧死那个乡巴佬。

住口，哈波，吱吱叫说，让我来说。

她说了起来。

听我说，我一进门他就认出我来。

他说什么呀？我们问。

他说，你来干吗？我说，我希望你们主持正义，因此我来见你。你说你要干吗？他又问。

我把你们教我的话说了一遍。对索菲亚的惩罚不够厉害呀，她喜欢蹲监狱呀，她身体很结实呀，她最担心的就是让她给白人太太当用人呀。她就是为了这个才打架的，你知道吧，我说，市长太太要索菲亚给她当用人，索菲亚说她才不给白人女人干活，更别提当用人了。

是吗？他问。他一直使劲盯着我看。

是的，先生，我说，蹲监狱对她挺合适的。她在家里成天也是做饭、洗衣服、熨衣服。你知道吗，她有六个孩子。

这是真的吗？他问。

他从桌子后面走过来，靠在我的椅子上。

你家里人都是谁？他问我。

我告诉他我妈妈的名字，姥姥的名字。还有姥爷的名字。

你爸爸是谁？他问。你哪儿来这么一双眼睛？

我没爸爸，我说。

得了吧，他说，难道我以前没见过你？

我说，见过的，先生。大约十多年以前，我还是个小姑娘的时候，你给过我两角五分钱。我确实很感谢你的，我说。

我不记得有这么回事，他说。

你跟我妈妈的朋友吉米先生一起来我家的，我说。

吱吱叫看了我们大家一眼。她深深地吸了一口气，含糊地说了一句什么。

你说什么？奥德莎问。

说啊，莎格说，天哪，如果你对我们都不能说，那你还能对谁说？

他摘下我的帽子，吱吱叫说，叫我把衣服脱了。她低下了头，两手捂着脸。

他说如果他是我的叔叔，他就不会对我干那种事。这不过是小小的私通而已。人人都有这样的丑事。

她抬起头来望着哈波。哈波，她说，你是真心爱我，还是喜欢我皮肤白一些?

哈波说,我爱你,吱吱叫。他跪下来,用两手去搂她的腰。

她站起身子说,我的名字叫玛丽·阿格纽斯。

亲爱的上帝：

玛丽·阿格纽斯把索菲亚救出监狱六个月以后，开始唱起歌来。她先是唱莎格的歌，后来就自己编歌。

你从来没想过她那样的嗓子能唱歌。又细又尖，好像在咪咪叫。不过，玛丽·阿格纽斯毫不在乎。

我们很快就听习惯了。我们还很喜欢听。

哈波不知该怎么对待这件事。

我觉得有点滑稽，他对我和某某先生说。太突然了。我觉得真有点像一架电唱机，搁在角落里有一年了，从来没出过声，可你放上一张唱片，它马上就活了。

索菲亚打掉她两颗牙齿，不知道她是不是还在生索菲亚的气，我说。

她当然生气，可是生气又有什么用？她心肠不坏，她知道索菲亚的日子不好过，难熬得很。

她跟孩子们过得好吗？某某先生问。

他们喜欢她，哈波说。她什么都听他们的。

嘀——嘀，我说。

不过，他说，奥德莎和索菲亚的另外几个姐妹总是在管教那些懒散的孩子。她们像带兵那样管孩子。

吱吱叫唱道：

他们叫我黄色
好像黄色就是我的名字。

他们叫我黄色
好像黄色就是我的名字。

如果黄色是名字
为什么黑色就不是名字?

哼,如果我说:喂,黑姑娘
上帝啊,她会糟蹋我的好戏的。

亲爱的上帝：

索菲亚今天对我说，我简直就不明白。

不明白什么？我问。

我们为什么不早把他们全宰了。

她打了人出了监狱洗衣房有三年了。她气色好了，人也胖了，跟从前一样了，只不过她一天到晚就想杀人。

要杀的人太多了，我说。我们从一开始就势单力薄。不过，我猜这么些年来，这儿那儿的，我们打死过一两个，我说。

我们坐在米莉小姐院子尽头的一只旧木箱上。木箱底上都是长长的生了锈的铁钉。我们稍微一动，铁钉在木头里就吱嘎吱嘎地直响。

索菲亚的任务就是看孩子们玩球。小男孩把球扔给小女孩，小女孩闭着眼睛接球。球滚到索菲亚的脚底下。

把球扔过来，小男孩说，两手按着屁股，把球扔过来。

索菲亚半对自己半对我嘟囔说，我是来看他们玩球的，不是来扔球的。她没去碰那个球。

你没听见我跟你说话吗？他大声喊道。他大约有六岁，褐黄色的头发，蓝眼睛冷冰冰的。他气呼呼地走到我们坐着的地方，抬起脚要去踢索菲亚的腿。索菲亚把脚换了个地方，他尖声哭喊起来。

出什么事了？我问。

他的脚给锈铁钉扎了一下，索菲亚说。

果然,血从他的鞋子里渗出来了。

他的妹妹走过来看他哭。他的血越流越多。他喊他的妈妈。

米莉小姐跑着过来。她怕索菲亚。她跟她讲话的时候,好像总等着出事,而且总离得她远远的。她走到离我们几码远的地方,就招手叫比利过去。

我的脚,他对她说。

索菲亚干的吗?她问。

小姑娘开口了。比利自己扎的,她说,他想踢索菲亚的腿。小姑娘喜欢索菲亚,老帮她说话。索菲亚从来不理她,她对小姑娘跟对小男孩一样,不理不睬的。

米莉小姐瞪了她一眼,用手搂住比利的肩膀,他们一跛一跛地走回屋去。小姑娘对我们挥挥手,说了声再见便跟着他们走了。

她看上去倒是蛮可爱的,挺讨人喜欢的,我说。

谁啊?她皱起眉头。

那个小姑娘,我说。她们给她起了个什么名字,埃莉诺·简?

对,索菲亚说,她一脸大惑不解的神情,我真不明白她为什么会生出来?

哦,我说,我们从来不想黑娃娃们为什么会生出来。

她咯咯笑了。西丽小姐,她说,你真够有意思的。

这是三年来我第一次听见她咯咯地笑了。

亲爱的上帝：

索菲亚谈起她做工的那家人家的时候真能让人笑破肚皮。他们脸皮真厚，居然要我们相信黑奴制失败是因为我们的缘故，索菲亚说。好像我们没有头脑，不会对付黑奴制。我们老是撅断锄头把，让骡子在麦田里乱跑。他们造的东西能用上一天在我看来就是一个奇迹了。他们落后，她说，笨手笨脚的，而且没什么好运气。

某某市长给米莉小姐买了一辆汽车，因为她说黑人都有汽车了，她早就该有一辆。他给她买了汽车，可是不肯教她开。他天天从城里回家，看看她又看看窗外的汽车。他说，米莉小姐，你的车子好玩吗？她怒气冲天地从沙发里跳起来，冲进厕所，甩上房门。

她没有朋友。

有一天她对我说，那辆汽车在院子里停了有两个月了，索菲亚，你会开车吗？我猜她想起了第一次看见我的时候是在白斯特的汽车旁边。

会的，太太，我说。我当时正忙着干苦力，做牛做马，在擦楼梯底层的柱子。他们的做法实在奇怪。柱子上面不许有手指印。

你能教我吗？她说。

索菲亚的孩子，她的大儿子，插嘴了。他个子高高的，长得很英俊，老是挺严肃的。还很爱生气。

他说，妈，别说做牛做马。

索菲亚说，为什么不能说？他们让我住在阁楼上一间小储藏室里，那房间不比奥德莎的门廊大，冬天跟她的门廊一样冷。我没日没夜地听他们使唤。他们不许我见我的孩子。他们不让我见男人。哼，过了五年他们才让我每年见你们一次。我是奴隶，她说，否则你说我是什么？

俘虏，他说。

索菲亚瞧了他一眼，好像挺高兴有这么个儿子。她接着讲她的故事。

我就对她说，我能教你，太太，只要这辆车跟我学会开的那辆是一样的。

你知道，我和米莉小姐很快就在街上开来开去了。先是我开车，她在边上看，后来她学着开，我在边上看着她。开过来又开过去。没过多久，我煮完早饭，端上桌子，洗好盘盏，扫好地——没等我到路口把信箱里的信和报取出来——就去教米莉小姐开车了。

呃，过了一阵子，她多少学会了一点。后来她真的会了。有一天我们开车回家的时候，她对我说，我要开车把你送回家。就这么开着车去。

回家？我说。

对，她说，回家。你有一阵子没回家，没见着孩子了，是吗？

我说，是的，太太，五年了。

她说，真不像话，你马上去把东西收拾一下。哦，圣诞节了。你去收拾东西。你可以在家待一天。

只待一天的话，我身上的这套衣服就行了，我用不着收拾东西了。

好极了，她说，好极了。上车吧。

哈，索菲亚说，我老坐在她边上教她开车，所以我很自然地钻进车子坐在驾驶座边上。

她站在车外，清了一下嗓子。

后来她开口了，索菲亚，她哈哈一笑，这儿是南方。

对，太太，我说。

她又清了下嗓子，又笑了两声。瞧你坐在哪儿了，她说。

坐在我的老位子上，我说。

问题就在这儿，她说。你什么时候看见过白人跟黑人并排坐在一辆汽车里？除非是一个在教另一个开车或擦洗车子的时候。

我下车，打开后座车门，钻了进去。她坐在前面。我们顺着大路开起来。风把米莉小姐的头发吹了起来，飘出窗外。

我们来到马歇尔县的大路上朝奥德莎家开的时候，她说，这儿的乡下挺漂亮的。

是啊，太太，我说。

我们开进院子，孩子们围了过来。没人告诉他们我要回家来，所以他们不知道我是谁。除了两个大孩子。他们扑过来，使劲搂着我。小的几个也过来搂我。我想他们大概没发现我坐在汽车后座。我下了车奥德莎和杰克才出来，他们没看见我坐在哪儿。

我们都站着又亲又抱的。后来,她从车窗里伸出脑袋说,索菲亚,你只能待一天。我五点钟来接你。孩子们都在拽我进屋,我只回头说了声,好的,太太。我像是听见她把车子开走了。

可是过了十五分钟,玛莉恩说,白人太太还在外边。

也许她等着把你带回家去,杰克说。

也许她病了,奥德莎说,你不是老说他们爱生病吗。

我出去走到汽车跟前,索菲亚说,你猜是怎么回事?她只会朝前开,杰克和奥德莎院子里树太多了,她开不了车。

我凑在车窗口告诉她踩哪几挡。可她有点慌乱,因为孩子们和杰克、奥德莎都站在门廊里看着她。

我走到另一边,把脑袋伸进窗户里去给她讲。她现在乱踩挡。她鼻子尖都红了,她生气又无可奈何。

我钻进车子坐到后座,把身子探过前座,还在告诉她怎样踩排挡。可一点用也没有。后来汽车干脆不响了。发动机熄火了。

别着急,我说,奥德莎的丈夫杰克可以开车送你回家。他的运货汽车就在那儿。

哦,她说,我可不跟陌生的黑男人坐一辆运货汽车。

那我叫奥德莎也坐进来。这样的话,我可以跟孩子们待一会儿,我心想。可她说,不行,我也不认识她。

结果我跟杰克两个人开着运货汽车把她送回家。杰克又开车带我到城里找个机修工。五点钟的时候,我开着米莉小姐的汽车回她家。

我跟孩子在一起只待了十五分钟。

可她好几个月都一直在说我太忘恩负义。

白人折磨起人来可真有办法,索菲亚说。

亲爱的上帝：

莎格来信说她有一样我们想不到的东西，她打算圣诞节带来给我们看。

什么东西？我们都很纳闷。

某某先生认为是给他买的汽车。莎格赚大钱了，穿的都是狐裘。还有丝绸锦缎，帽子都是金子做的。

圣诞节早上，我们听见门外汽车马达响。我们朝外看。

哎哟哟，总算来了，某某先生说着赶忙套上长裤。他冲到门口。我站在镜子面前一心想梳个好看的发式。可我的头发不是太长就是太短，不是太鬖就是太软。而且颜色也不好看。什么样式都做不出来。我干脆算了，系上一块头巾。

我听见莎格喊，啊，艾伯特。他说，莎格。我知道他们在拥抱。可是接下去没有声响了。

我跑出门外。莎格，我说着伸出两只胳臂。不知怎么的，我面前蹦出一个瘦削的、高个子的、挺壮实的、系红色背带的男人。我还来不及琢磨他是哪家的狗，他已经一把搂住了我。

西丽小姐，他说，啊，西丽小姐。我听了多少关于你的事情。我觉得我们好像是老朋友了。

莎格站在他身后，笑得高兴极了。

这是格雷迪，她说，我的丈夫。

她一说出这句话，我就知道我不会喜欢格雷迪了。我不喜欢他的身材长相，不喜欢他的牙齿，不喜欢他的衣服。而且觉得他身上有味儿。

我们开了一夜的车,她说,没处过夜。不过我们总算到了。她走到格雷迪身边,搂住他,仰起脸望着他,好像他可爱极了,他低下头亲吻她。

我转脸看了一眼某某先生。他垂头丧气,神情黯然。我知道我的脸色也不会好看。

这是我的结婚礼物,她说。一辆深蓝色大汽车,派克牌,崭新的,她说。她看看某某先生,握住他的胳臂,轻轻拍了一下。我们在这儿住的时候,艾伯特,她说,我要你学会开车。她哈哈笑了起来。格雷迪开起车子像个大傻瓜,她说,我以为警察一定会来逮我们的。

末了,莎格总算想起我来。她走过来和我拥抱了好半天。我们两个都是结了婚的太太了,她说,两个结了婚的太太。饿了,她说,我们有什么可吃的吗?

亲爱的上帝：

整个圣诞节某某先生一直在喝酒。他跟格雷迪一起喝。我和莎格边做饭边说话，边打扫屋子边说话，边布置圣诞树边说话，一早醒来，睁开眼睛又说话。

她现在在全国各地演唱。大家都知道她的名字。她也什么样的人都认识。她认识索菲·塔克，认识杜克·埃林顿，还有好多我从来没听说过的人。她钱挣得真多。多得她都不知道该怎么花。她在孟菲斯购置了一座漂亮的房子，还有一辆汽车。她有上百件衣服。有满满一屋子的鞋子。格雷迪想要什么她就给买什么。

你在哪儿找到他的？我问。

在我车子下面，她说，家里的那一辆。汽油用完了我还开，结果把发动机烧坏了。他修的车子。我们一见倾心。

某某先生可伤心了，我说。我没提我也挺伤心的。

喔，她说，那段旧情早过去了。你和艾伯特现在真像夫妻了。自从你告诉我他打你，还不肯干活，我就不大喜欢他了。要是你是我的老婆的话，她说，我疼你都疼不过来，哪能打你，我还会为你卖苦力的。

你说了他以后，他不大打我了，我说，他偶尔闲得没事做才揍我一两下。

你们的性生活有进步吗？她问。

我们在努力，我说。他试着捣鼓那个开关，不过他觉得他的手指头干巴巴的。我们说不上有什么进展。
　　你还是个处女？她问。
　　我想是吧，我说。

亲爱的上帝：

某某先生和格雷迪开着汽车出去了。莎格问她能不能和我一起睡。她一个人睡在她和格雷迪的大床上太冷了。我们东拉西扯地聊着。我们谈起房事。莎格说的不是房事。她说了句难听话。

她问我，你跟你孩子的爸爸是怎么回事？

我家女孩子住一间小房间，我说，那房间是隔断的，只有一条小小的木板路把它跟整幢房子连接起来。除了妈妈，谁都不上这房间来。可是有一天妈妈不在家，他来了。他对我说要我给他铰铰头发。他带来了剪子、梳子、刷子和一张凳子。我给他理发时他老看着我，样子挺古怪。他还有点紧张，不过我不知道他为什么要这样紧张。后来他一把抓住我，夹在他大腿中间。

我静静地躺着，用心听莎格呼吸。

我疼极了，你知道，我说。我还没满十四岁。我从来没想过男人下身有那么大的一个东西。我一看见它就吓坏了。实在吓人。

莎格安静极了，我以为她睡着了。

事后，我说，他让我把他的头发理好。

我偷偷地瞥了莎格一眼。

啊，西丽小姐，她说，她伸出胳膊来搂住我。她的胳膊又黑又光滑，在灯光下显得亮晶晶的。

我哭了起来。我哭啊哭啊，哭个没完。我躺在莎格的怀抱里，好像又重新经历当时的情景。那个疼痛的滋味，那种吃惊的心情。我给他理发时那一阵阵的刺痛。血顺着大腿往下流把袜子都搞脏了。从此以后，他看我时总是贼眉贼眼的。对耐蒂也这样。

别哭了，西丽，莎格说，别哭了。她亲吻我，吻我脸上的泪水。

过了一阵子，妈妈问他，要是他真像他说的那样，从来不进女孩的房间的话，他的头发怎么会跑到我们那儿的？这时候他对她说，我有男朋友了。他说他看见一个小伙子偷偷地从后门溜出去。这是那个小伙子的头发，他说，不是他的。你知道她最喜欢给人理发了，他说。

我确实很喜欢给人剪头发，我对莎格说，我从小就喜欢。我一看见有人来剪头发，就赶快跑过去拿剪刀。我剪了又剪，剪的时间越长越好。所以他的头发总是我理的。可是以前总是在前面门廊里理他的头发。后来我一看见他拿了剪刀和凳子走过来，我就会哭起来。

莎格说，天啊，我以前一直以为只有白人才干这种伤天害理的事情。

我妈妈死了，我对莎格说，我妹妹耐蒂跑了。某某先生把我接来照看他那群混账孩子。他从来没问起我的身世遭遇。他只是爬到我身上，干了一遍又一遍。甚至在我头上缠着绷带的时候。没有人爱我，我说。

她说，我爱你，西丽小姐。她抬起身子亲我的嘴。

嗯，她说，好像有些吃惊。我也亲她一下，也说了一声，嗯。我们亲了一遍又一遍，后来都亲不动了。然后我们互相触摸。

我对这种事情一点都不懂，我对莎格说。

我也不太知道，她说。

我觉得我的奶头又软又湿，好像我失去的小娃娃的小嘴在吮吸。

过了一会儿，我也变得像一个迷路的小娃娃了。

亲爱的上帝：

格雷迪和某某先生在天亮前跌跌撞撞地回来了。我和莎格睡得很死。她的背靠着我，我的胳膊环抱着她的腰。像什么呀？有点像小时候跟妈妈睡觉的样子，不过我简直不记得跟妈妈一起睡过觉。又有点像在跟耐蒂一起睡觉，不过跟耐蒂一起睡没有这样香甜。莎格的身子真软和，跟靠枕似的。我觉得莎格大大的乳房有点像肥皂沫似的漫过了我的胳膊。我觉得像进了天堂一样，这跟和某某先生睡觉完全不一样。

醒醒吧，甜甜①，我说，他们回来了。莎格翻个身，搂了我一下就下床了。她踉踉跄跄走到另外一间房间，倒在床上跟格雷迪一起睡。某某先生醉醺醺地往床上一倒躺在我身边，他还没躺下就打起呼噜来。

我尽量想办法去喜欢格雷迪，即使他用红色的吊裤带、打蝴蝶结领结，即使他花起莎格的钱来好像是花他挣的那样，即使他学着像北方人那样讲话。田纳西的孟菲斯可不是北方，这一点连我都知道。但是有一点我实在受不了，那就是他管莎格叫妈妈。

我他妈的才不是你的妈妈，莎格说。可他不把她的话放在心上。

譬如在他向吱吱叫抛媚眼而莎格逗他的时候，他就会说，

---

① 在黑人英语里，莎格（shug）与糖（sugar）发音相似。因此她的艺名叫"蜜蜂皇后"。

哎呀，妈妈，你知道我没有坏心眼。

莎格也喜欢吱吱叫，帮她学唱歌。她们坐在奥德莎的前屋，孩子们围在她们的身边，她们唱了一遍又一遍。有时候斯温带了吉他来，哈波煮饭，我和某某先生和拳击手都来凑热闹。

这真有意思。

莎格对吱吱叫说，听我说，玛丽·阿格纽斯，你应该公开演唱。

玛丽·阿格纽斯说，不行。她认为她的嗓门不像莎格那样开阔、洪亮，没有人爱听她唱歌。可是莎格说她这样想不对。

你在教堂里不是听见各种各样的怪嗓门唱歌的吗？还有好多好听的声音，可那不是人能够发出来的。你听听这是怎么回事？于是她哼了起来。她发出的声音像是死神走过来了，连天使都阻挡不住。叫人听了毛骨悚然。这真有点像豹子的声音，如果豹子会唱歌的话。

我再告诉你一点，莎格对玛丽·阿格纽斯说，听你唱歌叫人想好好干私房事。

瞧你说的，莎格小姐，玛丽·阿格纽斯说。她脸都红了。

莎格说，怎么啦，你不好意思把唱歌、跳舞和性交联系在一起？她大笑起来。正因为这样，他们把我们唱的歌叫魔鬼之歌。魔鬼喜欢性交。听着，她说，咱们俩找个晚上去哈波的酒吧唱歌。我会觉得跟从前一样。我把你引荐给大家，他们就得认真地听。黑鬼不懂得怎样待人接物，可是你要是能把一首歌唱完一半，你就打动了他们。

你说的是真话吗？玛丽·阿格纽斯说。她眼睛睁得大大的，充满喜悦。

我还不一定想让她唱歌呢，哈波说。

怎么回事？莎格说。你现在找的那个唱歌的女人简直不肯把屁股挪出教堂。大家都不知道该跳舞好，还是悄悄地去坐在长凳上哀悼好。还有，你把玛丽·阿格纽斯好好打扮起来，你能赚大钱的。她的皮肤黄黄的，她的头发长长的，眼睛水汪汪的，男人的魂儿都会给她勾去的。对吗，格雷迪，她说。

格雷迪有点局促不安。咧嘴笑了笑。妈妈呀，什么都逃不过你的眼睛，他说。

你最好牢牢记住这一点，她说。

亲爱的上帝：

　　这是我一直拿在手里的一封信。

亲爱的西丽：

　　我知道你以为我死了。可我没有死。这么多年来我一直在给你写信。艾伯特说过你永远不会收到我的信的；这么些年来我也一直没收到过你的信，我想他说对了。我现在只在圣诞节和复活节写信，希望我的信会埋在一大堆圣诞节、复活节卡片里不至于被发现，也希望艾伯特看在节日的分上，可怜我们两个人。

　　我想讲的话实在太多了，我简直不知道从何讲起——况且，你也许还是收不到这封信。我相信还是只有艾伯特才能从信箱里取信。

　　万一这封信真到了你的手里，我要告诉你这一点：我爱你，我没有死。奥莉维亚身体很好，你儿子也很好。

　　我们在明年年底以前回家。

爱你的妹妹耐蒂

　　有一天晚上睡觉的时候，莎格要我谈谈耐蒂。她长相怎么样？她在哪儿？

我告诉她某某先生怎样勾引她。耐蒂怎么拒绝,他怎么赶耐蒂走的。

她上哪儿去了?她问。

我不知道,我说,只知道她离开这儿了。

你一直没收到过她的信?她又问。

没有,我说。每天某某先生去信箱拿信回来,我总希望有点消息。可是总没有信。她死了,我说。

莎格说,耐蒂会不会待在某个用稀奇古怪的邮票的地方?她好像在考虑问题。嗨,有几次我和艾伯特一起去开信箱,信箱里有一封贴满奇奇怪怪邮票的信。他从来不说这信是从哪儿来的,只是把信放到内衣口袋里。有一次我问他我能不能看看邮票,他说他以后拿出来。可他从来没拿出来过。

耐蒂当时去城里了,我说,那儿的邮票跟这儿的差不多。也是留着长头发的白人男人。

嗨,她说,好像有一次上面是个胖乎乎的小个子白女人。你妹妹耐蒂是个什么样的人?她问,聪明吗?

老天爷,聪明极了,我说,聪明得不得了。她刚会说话就会看报纸。做算术不当回事。还挺能说话的。长得又可爱。再没有比她更讨人喜欢的姑娘了。我说着眼睛里充满泪水。她爱我,我对莎格说。

她个子高还是矮?莎格问,她喜欢穿什么样的衣服?她的生日是哪一天?她最喜欢什么颜色?她会做饭吗?会缝衣服吗?她的头发什么样子?

只要是关于耐蒂的事,她都想知道。

我说得太多了,嗓子都失音了。你干吗这么想知道耐蒂的事情?我问。

因为她是你爱的唯一的亲人,她说,除了我以外你最爱的人。

亲爱的上帝：

　　莎格突然又跟某某先生打得火热。他们一块儿坐在台阶上，到哈波酒吧去，一同去信箱取信。

　　他一讲话她就笑个没完。又露牙齿又露胸脯。

　　我和格雷迪努力想客客气气地过日子。不过真不容易做到。我一听见莎格的笑声就想捂住她的嘴，就想打某某先生的嘴巴。

　　整整一个星期，我难过得不行。我跟格雷迪情绪太低落，他抽起大麻，我不断祷告。

　　星期六早上，莎格把耐蒂的信放在我腿上。信上有一张英国小个子胖女王的邮票，还有带花生、椰子、橡胶树和标有非洲字样的邮票。我不知道英国在哪儿。也不知道非洲在哪儿。所以我还是不知道耐蒂在哪儿。

　　他一直把你的信藏了起来，莎格说。

　　不会的，我说。某某先生有时候是挺坏的，但还不至于这么坏。

　　她说，哼，他就是这么坏。

　　可他干吗要这样做？我问。他知道耐蒂是我的命根子。

　　莎格说她闹不明白，但我们两人会搞清楚的。

　　我们把信又粘了起来，放回到某某先生的口袋里。

　　整整一天他口袋里装着这封信走来走去。他压根儿不提这封信的事。光是跟格雷迪、哈波和斯温有说有笑的，还学着开莎格的汽车。

我密切注意他的行动，觉得脑子里有闪电。我不知不觉地拿了一把打开的剃刀站在他的椅子后面。

忽然，我听见莎格哈哈大笑，好像碰到了非常滑稽的事情。她对我说，我知道我跟你说过，我要样东西剪手上的倒刺。可艾伯特最舍不得他的剃刀了。

某某先生朝身后望了一眼。放下，他说，女人总要剪这剃那的，而且还总要乱动剃刀。

莎格一把拿住剃刀。她说，唉，剃刀挺钝的。她拿过剃刀，扔回理发箱。

整整一天，我就像索菲亚一样。我结结巴巴地说话。我自言自语。我跌跌撞撞地在屋子里转来转去，一心想杀了某某先生。我迷迷糊糊地觉得他倒在地上死了。到了晚上我不能说话了。我张嘴的时候发不出声音，只是打了个嗝。

莎格对大家说，我发烧了。她安排我上床睡觉。她对某某先生说，这病也许会传染的。你最好另外找个地方睡觉。她守了我整整一夜。我没有睡觉。我没有哭泣。我什么都不做。我浑身冰凉。我想我很快就会死的。

莎格紧紧搂着我，有时候对我说话。

我妈妈最恨我喜欢跟男人睡觉，她说。她从来不喜欢做碰人身体的事情，她说。我想亲亲她，她转过脸去。别来这一套，丽莉，她说。丽莉是莎格的真名。她甜蜜可爱，大家都叫她莎格。

我爸爸喜欢我亲他搂他，可她不喜欢这种样子。所以我见到艾伯特,一投入他的怀抱,就再也不肯出来了。那滋味真是好,她说。你知道我跟艾伯特生了三个孩子。瞧艾伯特那种软骨头的样子,要不是那滋味真是好我才不会跟他呢。

我三个孩子都是在家里生的。产婆来我家,牧师来了,还有一帮子教堂里的好女人也来了。我疼得昏天黑地说不上姓啥名啥的时候,他们谈起忏悔来,认为这是个谈忏悔的好时机。

她哈哈大笑。我傻得很,不会忏悔。她又说,我爱艾伯特——

我什么话都不想说。我待的地方挺安静的。这儿静悄悄的。没有艾伯特。没有莎格。什么都没有。

莎格说,生最小的孩子的时候,他们把我赶出来了。我去孟菲斯跟我妈妈的野妹妹住在一起。妈妈说,她跟我一样。她喝酒,她打架,她见男人就沾。她在一家小客栈里干活。当厨师。给五十个人做饭,跟五十五个人睡觉。

莎格说啊说的,没完没了地说。

还有跳舞,莎格说。艾伯特年轻时跳舞跳得比谁都好。有时候我们一跳就是一个小时。跳完以后我们什么都干不了,就得找个地方躺下睡觉。他还会逗乐。艾伯特真滑稽。他老让我笑。他怎么现在一点都不滑稽了?他怎么连笑都不大笑了?他怎么连舞都不跳了?她说,老天爷啊,西丽,我爱的男人出了什么事儿?

她安静了一阵子又说,我听说他要娶安妮·朱莉亚,真是大吃一惊。她说,我太吃惊了,都不觉得难受了。我不相信有这回事。归根结底，艾伯特和我都知道我们之间的爱情应当再进一步。可我们两人的做爱已经登峰造极，不可能再提高了。这就是我的想法。

可他是个软骨头，她说。他爸爸对他说我是贱坯，我妈妈以前也是贱坯。他哥哥也这么说。艾伯特想据理力争，可被他们驳倒了。他们反对我和他结婚的理由是我有孩子。

可他们是他的孩子，我对某某老先生说。

我们怎么知道？他问。

可怜的安妮·朱莉亚，莎格说，她一点办法都没有。我真坏，还真野。天哪，我以前到处对人讲，我不管他跟谁结婚，我还要跟他睡觉。她沉默半晌，又说，我确实这么做了。我们公开一起睡觉，名声都坏了。

可他也跟安妮·朱莉亚睡觉，她说，她什么都没有，连对他的爱情都没有。她一结婚她家里的人就把她给忘了。接着就有了哈波他们那群孩子。最后她就跟用枪把她打死的那个男人睡觉。艾伯特揍她。孩子们拖累她。我有时候真想知道她死的时候在想些什么。

我知道自己在想什么，我心想，什么都不想，而且尽量不去想。

我跟安妮·朱莉亚是同学，莎格说。她真漂亮。黑黑的，皮肤光滑极了。眼睛又大又黑亮，像天上的月亮。人长得很甜很可爱。该死的，莎格说，我很喜欢她。可我干吗要那样坑害她。我常常一连一个来星期不让艾伯特回家。她就来求艾伯特给点钱,给孩子们买吃的。

我觉得她掉了几滴眼泪在我手上。

我刚到这儿来的时候,莎格说,待你真不好,把你当用人。这是因为艾伯特娶了你。我并不要他做丈夫,她说,我从来没有真正要他做丈夫。可要他看上我,你知道吗,因为大自然已经做了安排。大自然说,你们两个人,结合吧,因为你们能做个好榜样。我不想反抗。不过我们俩一定只有肉体合得来,她说。因为我不了解这个不跳舞、不说笑、不讲话,而要打你、把你耐蒂妹妹的信藏起来的艾伯特。他是谁?

我不知道,我心想。我很高兴我什么都不知道。

亲爱的上帝：

我知道艾伯特把耐蒂的信藏起来了，我马上就知道他放在哪儿。它们都在他的箱子里。凡是艾伯特的宝贝都收在他的箱子里。他把箱子锁了起来，可是莎格找得到钥匙。

一天晚上，某某先生和格雷迪出去了，我们把箱子打开。我们发现好多莎格的内衣和内裤，几张下流的画片，在他的烟草下面是耐蒂的信。一捆又一捆的信。有的很厚，有的很薄。有的拆开了，有的没有拆。

我们该怎么办？我问莎格。

她说，好办。我们把信纸抽出来，把信封照原样放好。我看他不大会注意箱子的这个角落的，她说。

我生起炉子，放上茶壶。我们用热气熏开信封，把信纸抽出来都放在桌上。我们把信封放回箱子里。

我来给你整理出个头绪，莎格说。

好吧，我说，可别在这儿干，咱俩进你和格雷迪的屋子吧。

她站起身，我们走进他们的小房间。莎格坐在床边的一张椅子里，把耐蒂的信都摊在她身边。我靠在床上，把枕头垫在背后。

这些是最早的几封信，莎格说，这儿有邮戳。

亲爱的西丽，第一封信写道：

你得斗争，离开艾伯特。他不是个好东西。

我离开你家走在路上,他骑马跟在我后边。我们走到看不见你家的时候,他赶上来跟我没话找话说。你知道他那一套,你气色真好,耐蒂小姐之类的话。我不理他,加快了步伐,可我的包袱太重,太阳晒得真厉害。走了一阵子我只好坐下休息。这时候他下马想来亲我,把我拖进树林里。

　　哼,我跟他打了起来。上帝保佑,我把他打得好疼,他放开了我。不过他有点生气。他说,我这么对待他,我别想收到你的信,你也不会收到我的信的。

　　我气得浑身发抖。

　　我总算搭上大车进城来。让我搭车的人指点我去某某牧师先生家的路。一个小女孩开的门,她的眼睛长得跟你像极了,我当时大吃一惊。

爱你的耐蒂

　　第二封信说:

亲爱的西丽:

　　我老想现在还不可能收到你的信。我知道你照看某某先生的孩子有多忙。可我真想念你。请尽快给我写信,一有空就写。我天天想念你,时时刻刻都想念你。

　　你在城里见到的那位太太叫科琳。小姑娘叫奥莉维亚。丈夫叫塞缪尔。小男孩叫亚当。他们很厚道,待我很好。他们住在一个教堂边上的一座挺好的房子里,塞缪尔就在那个教堂里传教,我们在教堂事务上花很多时间。我用"我们"这个词,因为他们无论干什么事情都让我参加,我不觉得我是外人,也不孤单。

可是上帝啊,我真想你。我常想到你为我所做的牺牲。我真心爱你。

你的妹妹耐蒂

又一封信说:

最最亲爱的西丽:

我快要急疯了。我想艾伯特跟我说的是真话,他没把我的信给你。我想到能帮助我们的只有爸爸一个人,可我不想让他知道我在哪儿。

我问塞缪尔他能不能去拜访你和某某先生,只是去看看你好不好。可他说他不能乱管闲事引起夫妻不和,何况他并不认识你们。我因为得求他感到很懊恼,他和科琳一直待我很好。可是我的心要碎了,因为我在城里找不到工作,我得上别处去。可我走以后,我们俩怎么来往?我们怎么能知道彼此的日子过得好不好?

科琳、塞缪尔和孩子都是人们所说的传教士,都属于美洲非洲传教士协会。他们以前上西部去给印第安人传过教,一直对城里的穷人传教。他们现在正在准备去非洲传教，他们觉得这是他们的天职。

我真不想离开他们，我们虽然相处的时间不长，但他们一直待我像一家人。我是说，真正的一家人。

有可能的话，请给我写信。我在信里附了几张邮票。

爱你的耐蒂

又一封信，厚厚的，日期是两个月以后。信上说：

亲爱的西丽：

我在来非洲的船上差不多每天都给你写一封信。可等我们靠岸时，我泄气极了，我把信撕成小碎片，扔进水里。艾伯特不会让你收到我的信的，我写信又有什么用。我把信撕了，扔在水里寄给你，我当时就是这样想的。不过我现在想法变了。

我记得你说过，你的生活使你感到无比羞愧，你没法跟上帝谈，只好写信，虽然你认为你的信写得很不好。啊，我现在懂得你的意思了。不管上帝是否会读这些信，我知道你还会接着写的，这对我是很大的启发。总之，我不给你写信的时候，就跟我不做祈祷一样难受，好像把自己禁闭起来，心里憋得难受。我孤单极了，西丽。

我来到非洲是因为本来要跟科琳、塞缪尔一起来照看孩子。筹建学校的一个传教士突然结婚了，她的男人不肯放她走，也不肯跟她来非洲。他们一切都准备好了，就要动身了，这样就多出一张票，没有传教士可给了。我这时候还没找到工作。我从来没想过要到非洲来！虽然塞缪尔、科琳和孩子们成天唠叨非洲，我从来没把它当回事，没想过确实有这么个地方。

比斯利小姐从前说非洲那儿都是些不穿衣服的野人。连科琳和塞缪尔有时也这么想。不过他们比比斯利小姐，比我们所有的老师，都知道得要多。他们还谈到他们为这些受践踏的人们所能做的种种好事。他们来自这些人，而这些人需要耶稣和医疗方面的好建议。

有一天我跟科琳进城去，我们看到市长夫人和她的侍女。市长夫人在买东西——不断地从商店里出出进进——她的侍女在街头等着她，替她抱大包小包的东西。我不知道你见过市长夫人没有。她像个浑身湿透的小猫。她的侍女可一点不像侍候人的女用人，尤其不像侍候湿猫的人。

我跟她的侍女谈话。可她刚跟我说上两句就好像感到难堪。她好像突然使自己消失了。西丽，这真是奇怪极了。我刚向一个活人问好打招呼，这活人就没有了。只剩下一个外形。

我想了整整一夜。塞缪尔和科琳给我讲他们听来的关于她变成市长家女用人的故事。她打了市长，后来市长和他的妻子把她从监狱里接出来，让她在他们家做工。

早上我问了不少关于非洲的问题，开始阅读塞缪尔和科琳的关于非洲的书籍。

你知道，几千年以前，非洲就有大城市，比米利奇维尔①还要大，甚至比亚特兰大还要大吗？你知道，造金字塔、奴役以色列的埃及人原来是有色人种吗？你知道，埃及在非洲，我们在《圣经》里读到的埃塞俄比亚指的是全非洲吗？

　　我读了一本又一本，把眼睛都快读瞎了。我读到非洲是怎么出卖我们的，他们为财不惜牺牲他们的兄弟姐妹②；我们怎么坐了船来美国的；我们怎么被迫干活的。

　　我从来没想到我无知到这样的地步，西丽。我对自己的了解简直是沧海一粟。可比斯利小姐说我是她教过的最聪明的孩子！但有一点我十分感激她，她教会我自己学习，靠读书，靠钻研，靠写一手好字，还使我多少保持求知的欲望。因此，在科琳和塞缪尔问我是否愿意跟他们来，并帮他们在非洲中部建立一所学校的时候，我说愿意。不过，他们必须把他们知道的一切教给我，使我成为一个有用的传教士，一个他们可以称之为朋友而不感到羞耻的人。他们答应接受这个条件，于是我开始接受真正的教育。

　　他们恪守诺言。我日夜学习。

　　啊，西丽。天下竟然会有要我们掌握知识的黑人！他们希望我们成长，看到光明！他们不像爸和艾伯特那样坏，也不像妈那样被压垮了。科琳和塞缪尔的婚姻十分美满。开始时，他

---

① 美国佐治亚州的一个城市。
② 指从前奴隶贩子通过收买非洲部落酋长，把黑人贩运到美国当黑奴。下文也有几处相似说法。

们唯一伤心的是他们不会生孩子。后来，他们说，"上帝"给他们送来奥莉维亚和亚当。

我想说，"上帝"还给你们送来孩子们的姐姐和阿姨。可我没有说出口。对的，"上帝"送给他们的孩子是你的孩子，西丽。他们是在爱抚、基督教的博爱和对上帝的信赖中成长的。现在"上帝"又派我来照看他们，保护他们，钟爱他们。把我对你的满腔热爱倾泻在他们的身上。这是奇迹，对吗？你肯定是不会相信的。

不过，要是你能相信我在非洲——我真的在非洲——的话，那你就什么都可以相信的。

你的妹妹耐蒂

下一封信说：

亲爱的西丽：

我们进城的时候，科琳买了两块料子给我做了两身出门穿的衣服。一件茶青色，还有一件是灰色。长长的斜裙和西服式上衣，配上白色的布衬衣和系带的靴子。她还给我买了一顶镶着方格宽布条的女式硬草帽。

虽然我为科琳和塞缪尔干活，替他们照看孩子，我并不觉得自己是用人。我想这是因为他们教我学习，而我又教孩子们学习，而教与学和工作是没有开始和结尾的——它们交织在一起。

向教友们告别真叫人难受。不过也很快乐。大家都满怀希望,相信在非洲能做很多的事情。在教堂讲坛上方挂了一条标语:埃塞俄比亚向着上帝伸出双手。埃塞俄比亚就是非洲,这意义多么重大啊!《圣经》里的埃塞俄比亚人都是黑人。我从来没有想到过这一点,虽然《圣经》里说得很明白,你如果注意词句的话,就会看到这一点。欺骗你的是《圣经》里的图画,以及说明文字的那些插图。画里所有的人都是白人,所以你以为《圣经》里的人都是白人。不过当时真正的白人在别的地方。因此《圣经》说耶稣基督的头发像羔羊的毛发。羔羊的毛发不是笔直的,西丽,而且也不是鬈曲的。

关于纽约——关于我们坐了去纽约的火车——我真不知该说什么好。我们乘的是火车的座席,可是西丽,火车上真有床!还有饭店!还有厕所!床是从椅子上边的墙里拉出来的,叫卧铺。只有白人可以乘卧铺,上饭馆。他们不跟黑人用同一个厕所。

在南卡罗来纳州的一个月台上,有个白人问我们上哪儿去——当时我们下火车去呼吸新鲜空气,掸掉身上的尘土与沙子。我们告诉他我们要去非洲,他不大高兴,有点出乎意料。黑鬼去非洲,他对他妻子说,我算开了眼界。

我们到纽约时又脏又累,可又兴奋极了。听着,西丽,纽约是个美丽的城市。黑人自己有一个区,叫哈莱姆。黑人开的汽车比我想象的不知要漂亮多少倍,他们住的房子要比家乡白人住的房子好得多。教堂有一百多个!我们每个都去了。我和科琳、塞缪尔及孩子们一起站在教徒前面，常常对哈莱姆人民的慷慨与热心感到吃惊。他们的生活是如此美好与庄严，西丽。一提起"非洲"，他们便不断捐献，弯下身子摸出更多的钱来捐献。

他们热爱非洲。他们随时随地都会把帽子一扔起来捍卫非洲。说起帽子，我想告诉你，如果我们只用帽子募捐的话，我们的帽子盛不下他们捐给我们事业的钱。连孩子们都送来他们的零花钱。请把这些钱送给非洲的孩子们，他们说。西丽，他们穿得漂亮极了。我真希望你能看到他们。现在哈莱姆区里，男孩流行穿一种叫灯笼裤的裤子——宽宽大大的裤子，只是在膝盖下面才系得很紧。女孩流行在头上戴花环。他们真是天下最美丽的孩子，亚当和奥莉维亚目不转睛地看着他们。

还有请我们吃的那些饭，早饭、午饭和晚饭。我激动得吃不下去。可我光是尝尝那些菜就长了五磅。

各家的厕所都在屋子里面，西丽。还有煤气和电灯！

我们学了两个月的奥林卡方言，这是我们要去的那个地区的人讲的话。一位大夫（黑人）给我们做体格检查，纽约传教士协会送给我们和我们将落户的村子一些药品。传教士协会是由白人主持的，他们不谈关心非洲一类的话，只谈责任，职责。离我们的村子不远的地方就有一个白人女传教士，她已经在非洲生活了二十年。据说当地人十分爱戴她，尽管她认为他们跟她所谓的欧洲人是完全不同的种族。欧洲人是住在一个叫欧洲的地方的白人。老家的白人就是从欧洲来的。她说非洲雏菊和英国雏菊都是花，但完全不一样。传教士协会的人说她成绩很大是因为她不去"宠"她照看的非洲人。她还会说他们的语言。告诉我们这番话的传教士协会的人是个白人男人,他望着我们,好像不大放心,他不相信我们能像那个女人一样很好地对付非洲人。

我去了协会以后情绪有些低落。那儿每块墙上都有一幅白人男人的画像。什么叫斯皮克[1]的,叫利文斯顿[2]的。还有个叫德雷还是斯坦利[3]的。我想找一幅白人女人的画像,可是没有找到。塞缪尔也有点忧伤,但他很快振作起来并告诉我们,我们有一大有利条件:我们不是白人,我们不是欧洲人。我们跟非洲人一样都是黑人,我们和非洲人将为一个共同目标而努力:振奋世界各地的黑人。

你的妹妹耐蒂

亲爱的西丽:

塞缪尔个子高大。他除了戴牧师的白领圈外,几乎总是穿黑色的衣服。他确实很黑。你不看他的眼睛的话会觉得他很阴沉,甚至有点阴险,但他棕色的眼睛极为温柔,总是在沉思默想。他说的话总叫你放心,因为他从不胡说八道,也从不打击

---

[1] 斯皮克(1827—1864),英国在非洲的探险家。
[2] 利文斯顿(1813—1873),苏格兰传教士和非洲探险家。
[3] 斯坦利(1841—1904),原籍英国的美国记者与非洲探险家。

你的情绪，从不故意刺伤你。科琳能够嫁给他，有他做丈夫，真是幸运极了。

我给你谈谈我们那艘轮船吧。轮船叫马拉加号，有三层楼高！我们都有带床的房间（叫舱室）。啊，西丽，真没想到会在滔滔大洋中躺在床上。而那海洋！西丽，大得你没法想象。我们花了整整两个星期才到岸。我们到了英国，这是个白人的国家，有的白人很好，组织了反奴隶制传教协会。英国的教会也很热心，要帮助我们。白人男女——他们跟老家的白人长得一模一样——请我们出席他们的集会，请我们上他们家去喝茶，介绍我们的工作。英国人的"茶"其实就是室内野餐会。有各种各样的夹肉面包、小点心，当然还有热茶。我们都用一样的杯子和盘子。

人人都说我太年轻，当不了传教士，可塞缪尔说我一心要去非洲，而我的首要任务是照看好孩子，再教一两班幼儿园。

在英国，我们的工作好像明确一些，因为一百多年来英国一直在派传教士去非洲、印度、中国，天知道有多少地方。他们带回来的东西真多！我们在一家博物馆参观了整整一上午，里面都是珍珠宝贝、家具、皮毛制的地毯、刀剑、衣服，甚至还有从他们去过的世界各国带回来的坟墓。他们从非洲带回来成千上万只花瓶、坛子、面具、碗、篮子、雕像——它们漂亮极了，叫人难以想象造它们的人已经不活在世上。可英国人一再说明他们不再存在了。虽然非洲人当年的文明要比欧洲人发达（当然英国人是不会这么说的，我是从一个叫J.A.罗吉斯的人写的书里读到的），但他们已经有好几个世纪一直过着艰苦的日子。"艰苦的日子"是英国人谈起非洲时爱用的词句。人们也很容易忘记是英国人使非洲的"艰难日子"变得更为艰难的。千百万非洲人被捕捉，被出卖当奴隶——你和我都是这样的非洲人，西丽！抓奴隶引起的战争摧毁了一座又一座的城市。今天的非洲人民——他们中间最强壮的人被谋杀或者被出卖当了奴隶——疾病缠身，无论精神还是体力都一蹶不振。他们信仰魔鬼，崇拜死者。他们不会读书也不会写字。

他们为什么要出卖我们？他们怎么能做这样的事情？我们为什么仍然爱着他们？我在伦敦冰凉的街头徘徊时一直思索着这些问题。我在地图上寻找英国，它的形状小巧而又平静。我情不自禁充满信心，只要努力工作，思想正确，非洲还是大有希望的。终于，我们坐船去非洲了。我们在七月二十四日离开英国的南安普敦，在九月十二日抵达利比里亚的蒙罗维亚。一路上，我们只在葡萄牙的里斯本和塞内加尔的达喀尔稍事停留。

对蒙罗维亚人我们还是多少有些了解的，因为这个非洲国家是由回到非洲来生活的从前美国的奴隶"建立"的。我暗自纳闷，他们的父母或爷爷辈里有没有人是从蒙罗维亚卖出去的？这些从前被出卖当奴隶、现在又回来当统治者的人和买他们的国家关系密切，他们回来的时候怀着什么样的心情？

西丽，我必须停笔了。太阳晒得不那么厉害了，我得为下午的课和晚祷做准备。

我希望你在我的身边，或者我在你的身边。

我爱你。

你的妹妹耐蒂

最最亲爱的西丽：

我见到的第一片非洲国土是塞内加尔。到过塞内加尔却在蒙罗维亚居留，真是件十分有意思的事情。塞内加尔的首都是达喀尔，那儿的人讲他们自己的语言，我猜那叫塞内加尔文，他们还讲法文。他们是我见到过的皮肤最黑的人，西丽。我们平时不是常常说"某某人黑得没法再黑，黑得发蓝"。这里的人就是黑得不能再黑了。他们黑极了，西丽，黑得发亮。老家的人们谈起真正的黑人时总说他们黑得发亮，可是西丽，要是满城都是这些黑得发亮、黑得发蓝的人，他们穿着蓝色的长袍，长袍上是稀奇古怪的图案，跟用各种布料缝成的被子的花样差不多，你能想象是一番什么情景吗？他们个子高高的、瘦瘦的，脖子挺长，腰板笔直。你能想象这种情景吗，西丽？我简直觉得我是第一次看到黑颜色。西丽，整个场面有点神奇。这些黑人黑得耀眼，他们的光泽好像来自月光，真是熠熠生辉，不过他们的皮肤在阳光下也闪闪发亮。

可是我不太喜欢我在市场上遇到的塞内加尔人。他们一心想的只是推销他们的产品。如果我们不买的话，他们立刻看透我们，就像他们很快看透住在那里的法国白人一样。我没有想到会在非洲看到白人，可是这里白人多极了。而且并不都是传教士。

蒙罗维亚的白人也多得很。姓塔布曼的总统的内阁里都有几个白人。他的内阁里还有不少长得像白人的黑人。到达蒙罗维亚第二天的晚上,我们出席总统府的茶会。塞缪尔说,总统府就像美国的白宫(我们的总统住的地方)。总统大谈他对开发这个国家的打算和土人的问题,说他们不想干活,不想齐心协力建设国家。我第一次听见黑人用"土人"这个词。我知道对白人来说,黑人都是土人。但他清了下嗓子说他指的是利比里亚的"本地人",但是我在他的内阁里看不到这种本地人。连内阁成员的妻子们都没一个能算得上是本地人。她们浑身上下绫罗绸缎、珠光宝气,相形之下,科琳和我简直就是衣不遮体,更说不上是什么大场合穿的礼服了。不过,我想我们见到的总统府里的女人大概把一多半的时间都花在穿衣打扮上了。但是她们好像并不满足。一点都不像我们碰巧遇到的、正赶着班上学生去海边游泳的学校老师那么兴高采烈。

我们离开塞内加尔以前参观了他们的一个大可可种植园。一眼望去看不完的可可树。村子就建在地中央。我们望着一家一户疲惫的人群从地里收工归来,手里还拿着装可可豆的小桶(第二天这些小桶又当午餐饭盒),有时候——如果是妇女的话——身上还背着孩子。他们虽然精疲力竭,可是他们还唱歌!西丽,就跟我们在家里一样。累坏了的人为什么还要唱歌?我问科琳。太累了,干不了别的事情,她说。而且这些可可园不是他们的,西丽,连塔布曼总统都不是可可园的主人。住在一个叫荷兰的地方的人才是可可园的主人,那些做荷兰巧克力的人。这里有监工,他们住在田边石头砌的房子里,他们迫使人们卖力干活。

我又得收笔了。大家都睡了,只有我在灯下写信。灯光招来很多虫子,都快把我咬死了。我身上到处都是虫咬的包,连头皮和脚心都给叮了。

可是——

我说起过第一次看到非洲海岸的情景吗?西丽,我的内心,我心灵深处大受震动,好像有个大钟敲了起来,震撼我全部身心,我浑身战栗。科琳和塞缪尔都有同样的感受。我们就在码头跪了下来,感谢上帝让我们看到我们的父母——活着的和死去的——哭泣着一心希望能重新看上一眼的土地。

啊,西丽!我有说不完的话要对你讲!

我不敢祈求,我知道的。但我把一切交给上帝来决定。

永远爱你的妹妹耐蒂

亲爱的上帝：

我一边战战兢兢，哭哭啼啼，一边努力猜测我们不认识的字眼，花了好长的时间才看了两三封信。等我们看到她一切都好，已在非洲安顿下来的时候，某某先生和格雷迪回家了。

你能对付得了吗？莎格问。

我简直没法管住自己，我真想把他宰了，我说。

别杀他，她说，耐蒂很快就会回家的。我们已经有了一个索菲亚，别让她回到家里看到你又成了第二个索菲亚。

要我不杀他可真难啊，我说。莎格把她的箱子腾空，把信放进去。

耶稣也挺难当的，莎格说，可耶稣总算想办法当上了。你要记住这一点。他说过，不可杀人[①]。也许他还想加一句：从我做起。他知道他对付的都是傻瓜。

某某先生可不是耶稣啊。我也不是耶稣，我说。

你是耐蒂的亲人，她说，要是你在她快回家的时候变卦了，她会生你的气的。

我们听见格雷迪和某某先生在厨房里乱翻。碗盏乱响，冰柜的门开了又关。

不行，我杀了他我会好受一些，我说。我一直恶心反胃。我现在浑身麻木。

---

① 《圣经·旧约·出埃及记》第二十章第十三节。

不行，你不能杀他。没有人会因为杀了人而感到好受的。他们只是有所感受而已。

这总比空空落落什么感受都没有要好。

西丽，她说，耐蒂并不是你得操心牵挂的唯一的人。

你说些什么呀？我问。

还有我，西丽，为我着想一点。西丽，如果你把艾伯特杀了，我就只剩下格雷迪了。我一想到这个就受不了。

我想起格雷迪的大板牙不由得哈哈大笑。

你住在这儿的时候，叫艾伯特允许我跟你一起睡吧，我说。

不知她用了什么办法，把这件事办成了，她来跟我睡了。

亲爱的上帝：

莎格和我，我们俩像亲姐妹一样睡一个被窝。尽管我非常想跟她亲热，非常想好好看一番，可是不成。现在我知道我死了。可她说，不是的。生气、发愁、想杀人都会让你变成这种样子的。没什么可发愁的。

我真喜欢搂搂抱抱，她说，两人依偎在一起。我现在什么别的都不需要。

对啊，我说，搂搂抱抱是叫人惬意。依偎在一起也挺有意思。这两样都好。

她说，就这样打发日子，太平淡了，我们该干点不一样的事情。

什么样的事情？我问。

嗯，她上下打量我一番才说，我来给你做条长裤吧。

我要长裤干吗？我说，我又不是男人。

别那么自以为是，她说，你就算穿裙子也并不好看多少。你生来不是穿裙子的料，你没有那么好的身段。

我不知道，我说，某某先生不会让他老婆穿长裤的。

为什么不让？莎格说，这儿里里外外的活儿都是你干的。你穿着裙子犁地那样子真叫人看了生气。我真不明白你怎么没被裙子绊倒，也没把裙子卷到犁尖上去。

你纳闷吗？我说。

是的。还有，我们谈恋爱的时候，我常常穿艾伯特的长裤，他有一次还穿过我的长裙子呢。

他不会穿的。

他就是穿过的。他从前真有意思。不像现在这个样子。他喜欢我穿长裤。长裤就好像是挑逗公牛的红布。

呃，我说，我能想象那番情景，可我一点都不喜欢。

哎，你知道长裤该怎么做的吧，莎格说。

我们拿什么做长裤呢？我说。

我们最好找些别人的军服，莎格说，先练练刀。军服的料子又结实又好，而且还不要钱。

找杰克，我说，奥德莎的丈夫。

好吧，她说，我们天天读耐蒂的信，做衣服。

我手里拿的是针不是剃刀了，我心想。

她没说什么，只是走过来搂住我。

亲爱的上帝：

自从我知道耐蒂还活着，我就有点神气起来。我想，等她回家，我们就离开这儿。她和我，还有我们的两个孩子。我想知道他们的模样。却又不敢去想他们。我感到丢脸。老实说，那不完全是爱。他们这儿正常吗？头脑好使吗？讲情理有见识吗？莎格说乱伦生的孩子常常很笨。乱伦是魔鬼的坏招儿。

可我真想念耐蒂。

这儿真热，西丽，她来信说。比七月还热。比八月加七月还要热。就像七、八月间在小厨房里守着大火炉做饭那么热。

亲爱的西丽：

我们要去住的村子派了个非洲人来船上接我们。他的教名是约瑟夫。他又矮又胖，手软得好像没有骨头。他跟我握手时，我觉得好像有样软绵绵、潮乎乎的东西掉了下来，我差点去抓住它。他会说一点英语，他们叫半吊子英语。跟我们说的英语很不一样，又多少有点相像。他帮我们从轮船上把行李卸下来装到来接我们的小船上。这些小船其实就是木头挖的独木舟，像印第安人的独木舟，你在图画里看到的那种船。我们的行李装了三条船，还有一条船装我们的医疗用品和教学材料。

我们坐上船就听船夫们边唱边你追我赶地往岸边划去。他们不大留心我们这几个人和货。我们到岸时他们并不搭把手帮我们下船上岸，他们还把我们的一些东西放到水里。他们欺侮可怜的塞缪尔，约瑟夫说他给他们的小费太多了。他们一拿到钱就转身招呼站在岸边要乘轮船摆渡的人。

港口很漂亮，可是水太浅了，轮船进不来。因此在轮船航行的季节，小船船夫们的生意很好。这些人都要比约瑟夫身材高大，比他结实得多，他们大家，连约瑟夫在内，皮肤都是深咖啡色，不像塞内加尔人的那种黑颜色。还有，西丽，他们的牙齿结实极了，整齐极了，白极了！我在横渡大洋的过程中老想到牙齿，因为我一路上差不多一直在牙疼。你知道我的大牙蛀得很厉害。英国人的牙齿真叫我吓一跳。差不多都参差不齐，蛀得发黑。我真纳闷是不是英国的水土有问题。非洲人的牙齿让我想到马的牙齿，满口齐齐整整的，又直又结实。

港口"市区"的大小就跟城里的五金商店差不多。市内有小摊，摆满了布料、风雨灯、煤油、帐子、野营用的被褥、吊床、斧子、锄头、砍刀等工具。整个地方是由一个白人经营的，可有些卖农产品的摊子是租给非洲人的。约瑟夫指点我们买该买的东西。一把煮水的大铁壶、一个洗衣服的镀锌的铁盆、帐子、钉子、榔头、锯子、镐、煤油和灯。

港口没有地方给我们过夜，约瑟夫就雇了几个在集市上闲逛的青年和我们一道立即出发去奥林卡，我们在灌木丛里走了四天四夜。对你来说，就是丛林了。也许不是。你知道什么叫丛林吗？嗯，除了树还是树，到处是树。而且是大树。大得好像是造出来的。还有蔓藤、蕨草、小动物、青蛙。据约瑟夫说，还有蛇。可感谢上帝，我们没有看到蛇，只有胳臂般粗的蜥蜴，这儿的人逮来吃的。

他们爱吃肉。这个村子里所有的人都爱吃肉。有时候,你想尽办法都不能让他们干活,可是只要提起吃肉,只要你手头有一小块肉就行。要是你想让他们干大事,你就大谈烤肉。对,烤肉野餐。他们让我想起老家的乡亲,他们都一个样。

我们总算到了。我是坐在吊床上让人一直抬到村子的,我的腿麻得都快断了,我以为好不了了。全村的人都围了上来。他们从圆形小茅屋里走出来。我以为茅屋顶是草铺的,实际上是到处都长的一种树叶。他们把树叶采下来,晒干,一层层地铺在屋顶上,使屋顶可以防雨不漏水。这种活是女人干的。男人给茅屋打桩,有时帮忙用河里挖来的泥巴和石块砌墙。

你没法想象村民们围着我们时脸上好奇的神情。他们开始只是瞪大眼睛看我们,后来有一两个妇女摸摸我和科琳的裙子。我的裙子边因为连着三天在篝火旁煮饭在地上拖得很脏,我都不好意思了。后来我看了看她们穿的裙子,我不再感到不自在了。她们很多人的裙子好像给猪在庭院地上拖过,脏得不成样子。而且还不合身。他们又往我们跟前凑过来一点点——没人开口说话——摸摸我们的头发,又看看我们的鞋子。我们看看约瑟夫。他说他们这种举止是因为在我们以前的传教士都是白人。他们很自然地认为传教士都是白人,白人都是传教士。男人们去过港口,有几个还见过那位白人商人,所以他们知道白人并不一定都是传教士。可女人从来没去过港口,她们只看见过一个白人:她们一年前埋葬的白人传教士。

塞缪尔问，他们是否见过住在二十英里以外的白人女传教士。约瑟夫说，没有。在丛林里二十英里是很远的路程。男人打猎时也许走出村子，去过十英里远的地方，可女人老守着她们的草屋和田地。

有个女人问了个问题。我们看看约瑟夫。他说那女人打听，孩子是我的，还是科琳的，还是我们两人的。约瑟夫说他们是科琳的孩子。那女人打量了我们两人一番，又说了几句话。我们看看约瑟夫。他说，那女人说孩子长得像我。我们挺客气地笑了两声。

另外一个女人提了个问题。她问我是不是也是塞缪尔的妻子。

约瑟夫说不是，我跟科琳、塞缪尔一样，也是个传教士。有人说他们从来没有想到传教士会有孩子。另一个人说他从来没有想到传教士可以是黑人。

有一个人说，他前一天晚上做的梦正好是梦见新来的传教士是黑人，而且其中两个是女的。

这时候，我们周围乱哄哄的，小孩子们从母亲的裙子后边、姐姐的肩膀上钻了出来。近三百个村民簇拥着我们来到一个有树叶做屋顶但没有墙壁的地方。我们席地而坐，男人坐在前面，妇女和儿童坐在后面。几个很像家乡教会中的长老的老人——他们穿着肥大的裤子，油光光不合体的上衣——大声说着悄悄话：黑人传教士喝不喝棕榈酒？

科琳看看塞缪尔，塞缪尔也正在看科琳的眼色。可是我和孩子已经喝了起来，因为有人把咖啡色的泥制小杯子放在我们的手里，我们太紧张了，不敢不喝。

我们是大约四点钟到的，在树叶搭的天棚下坐到九点左右。我们进村后的第一顿饭是在那儿吃的，饭是一锅花生炖鸡，我们用手抓着吃。大部分时间里我们听唱歌，看跳舞，舞蹈带起不少灰尘。

欢迎仪式的最主要内容是介绍做屋顶的叶子。一位村民讲有关的故事，约瑟夫给我们翻译。这个村子的人认为他们世世代代一直就住在现在这个村子的所在地。这地点好极了。他们种木薯，收成极好。他们种花生，收成也很好。他们还种山药、棉花和小米。种各种各样的东西。但是，很久以前，有一次，村里有个人想多种些地，比给他的那份还要多的地。他想多收些，可以拿剩余的部分去跟沿海的白人做买卖。因为他当时是酋长，公共的土地他越占越多，派了越来越多的老婆去种这些地。他越来越贪心，把长屋顶树叶的地都开荒种庄稼。连他的老婆们都觉得这样做不大对头，便开始抱怨，可她们是一伙懒女人，没人理会她们。没人想到屋顶树叶减产的后果。末了，这位贪心的酋长占地太多，连长老们都深为不安了。于是他收买了他们——用他从海边商人那里得来的斧子、布匹、煮饭锅。

雨季下了场暴雨，把村子里所有的屋顶都打坏了。人们大为惊惶，他们发现哪儿都找不到屋顶树叶了。自古以来屋顶树叶长得很茂盛的地方，现在只有木薯、小米、花生。

老天爷用风雨鞭挞奥林卡的人民，狂风暴雨肆虐了六个月。风雨像长矛似的铺天盖地刮过来，刮掉墙壁上的泥巴。狂风把墙上的石块刮下来,刮到饭锅里。天上下小米大小的冰凉的石子,把男女老少打得生疼,使他们发烧得热病。小孩先得病,接着父母也病倒。村里开始死人。到雨季结束时,全村的人死了一半以上。

人们祈求上帝,急切地等待雨季快些过去。等雨一停,他们马上冲向过去长屋顶叶子的地方,到处找这种树的树根。从前这里生长过无数棵屋顶叶子树,可现在只剩下十来棵了。过了整整五年,屋顶叶子树才又茂盛起来。在这五年里,村里又死了好多人。很多人离开家乡,一去不返。很多人被野兽咬死吃掉了。很多很多人病倒了。大家把酋长从店里买来的器皿用具全还给了他自己,强迫他离开村子,永远不许回来,把他的老婆们都分给别的男人。

终于有一天,所有的屋顶又都用屋顶树叶铺起来了。那一天,全村人热烈庆祝,又唱又跳,讲屋顶树叶的故事。屋顶树叶成了他们崇拜的东西。

故事讲完了。我抬起头来,隔着孩子们的脑袋,我看见一样东西慢慢地朝我们走来,一样大大的、棕色的、长而尖的东西,足有一间房间那么大,下面有十来只脚在慢慢地、小心翼翼地走着。到了天棚跟前,他们把这样东西送给我们。原来这是我们的屋顶。

人们弯腰匍匐,迎接它。

约瑟夫说,你们以前的那个传教士不让我们举行这个仪式。不过奥林卡人热爱这个仪式。我们知道屋顶树叶不是耶稣基督。

但它虽然微不足道，作用却极大，难道不像上帝？

于是，西丽，我们就面对奥林卡人的上帝坐着。西丽，我又困又累，一肚子的花生炖鸡，耳边回响着歌声，我觉得约瑟夫所讲的话是能理解的。

我不知道你听了有什么感想？

我想念你。

你的妹妹耐蒂

亲爱的西丽：

我好久没有工夫给你写信了。但是不论我在做什么，我总是想写信告诉你。亲爱的西丽，不论在晚祷时刻，在半夜里，还是在做饭的时候，我总是在心里默默呼唤，亲爱的，亲爱的西丽。我想象你确实收到我的信，并且正在给我回信，信上说：亲爱的耐蒂，我的生活就是如此这般。

我们五点起床。早饭很简单：小米粥加水果。接着便上课。我们教孩子学英语、阅读、写作、历史、地理、算术和《圣经》故事。十一点钟，我们放学吃午饭，做家务。一点到四点的时候，天气太热，没法活动，不过有些做母亲的还坐在草房后面缝缝补补。下午四点开始，我们给大孩子上课，晚上才腾出工夫教大人。有些大孩子习惯到教会学校来上课，可小一些的不习惯。有时候他们的母亲拖着他们来上学，他们又踢又闹，不肯来。来的都是男孩。奥莉维亚是唯一的女孩。

奥林卡人认为女孩用不着受教育。我问一位母亲她为什么会有这种想法。她说，女孩对自己没有用；只有对丈夫还有点用处。

有什么用处？我问。

哦，她说，可以当他孩子的母亲。

我不是什么人的孩子的母亲，我说，可我是个有用的人。

你不算什么大人物，她说，不过是传教士的苦工。

我干的活确实很苦，我从来没想到我能干这么多的活。我打扫校舍，做完礼拜以后我收拾场地，但我并不觉得我是个苦工。这个女人——她的教名叫凯萨琳——用这样的眼光来看我，实在使我颇为吃惊。

她有个小女儿，叫塔希。她常在奥莉维亚放学后跟她玩。在学校里，男孩中间只有亚当肯跟奥莉维亚讲话。男孩子并不欺侮她，只是——怎么说呢？他们干"男孩子"的事情的时候，如果她加入进去，他们跟没看见她一样。不过，西丽，你别担心。奥莉维亚跟你一样，很倔强，头脑很清楚，她比他们大家再加上亚当还要精明能干。

为什么塔希不能来上学？她问我。我告诉她，奥林卡人不相信女孩也该受教育。她马上就说，他们跟老家不让黑人读书的白人一个样。

哦，西丽，她真行。晚上，塔希做完她妈妈分配给她的全部家务活以后，就和奥莉维亚偷偷地躲在我的茅屋里面，奥莉维亚把她学到的一切都教给塔希。在奥莉维亚的心目中，塔希就是非洲，就是她高高兴兴远涉重洋来发现的非洲。其他的一切她都受不了。

譬如说，虫了。不知什么缘故，她被虫子咬的疤总是发炎、溃疡、流脓。她夜里睡不好觉，因为森林里的各种声响叫她害怕。她过了好久才习惯这里的饭菜，饭菜营养倒是挺丰富的，只是做得很不讲究。村里的女人轮流给我们做饭，有几个比较干净，比较认真。奥莉维亚一吃酋长老婆们做的饭便恶心反胃。塞缪尔认为这也许跟她们用的水有关系，她们单独用一口泉水，即使在旱季，泉水还是清澈见底。可我们吃了都没有不好的反应。奥莉维亚怕吃酋长老婆做的饭好像是因为这些女人干的活很苦，脸上成天没有笑容。她们看到她就谈论有朝一日她嫁了酋长，成为她们中间最小的妹妹时候的情景。这不过是个玩笑，她们都喜欢她，可我真希望她们别说这种话。她们并不快活，整天做牛做马，可她们还是认为当酋长的妻子是无上光荣的。酋长整天挺着大肚子东走西逛，跟村医聊天，喝棕榈酒。

她们干吗要说我将来会做酋长的老婆？奥莉维亚问。

她们认为这是对你最好的夸奖，我说。

他胖得很，浑身油光发亮，一口大牙齿挺齐全的。她觉得她常做噩梦，梦见他。

你有一天会长大成为坚强的女基督教徒，我对她说，一个帮助人民前进的人。你不是当教师就是做护士。你会到处旅行的。你会认识很多比酋长还重要的人物。

塔希也会这样吗？她问。

对，我告诉她，塔希也会的。

今天早上，科琳对我说，耐蒂，我看我们以后一直互相用兄妹、姐妹的称呼，免得这些人搞不清楚。他们有些人糊涂得就是不明白你不是塞缪尔的又一房妻子。我真不喜欢他们这样想，她说。

从我们到的那天起，我就发现科琳跟从前不一样了。她没有病，她还像以前一样努力工作。她还是待人温和，讨人喜欢。但有时候，我觉得她情绪烦乱，心里好像老有烦恼。

很好，我说，你这么说，我很乐意。

还有，别再让孩子们叫你耐蒂妈妈，开玩笑的时候也别这样叫，她说。我有点愣住了，但我没说什么。孩子们有时候确实叫我耐蒂妈妈，因为我总是很体贴他们，总是婆婆妈妈地对待他们。但我从来没想过要取代科琳。

还有一件事，她说，我认为我们以后不该互相借衣服穿了。

啊，她从来不借我的东西，因为我没什么东西。可是我老得向她借东西。

你没有不舒服吧？我问她。

她说，没有。

我真希望你能看到我的草屋，西丽。我们的学校是方的，我们的教堂没有墙——至少在夏天没有墙。我的草房既跟学校不一样，也跟教堂不一样。我的草房是圆的，有墙，还有一个圆形的屋顶叶子铺的屋顶。从屋子这头走到另一头大约有二十步，对我来说样样都合适极了。我在土墙上挂了奥林卡人做的盘子、草席和本部落的布片。奥林卡人以他们织的美丽的棉布著名，他们手工织布，用浆果、泥巴、靛蓝染料和树皮给布染色。屋子中央是我的煤油炉，我的行军床靠边放，罩着帐子，看上去像个新娘的新床。我有一张小写字台——我就是用这张桌子给你写信的、一盏灯、一张凳子。地上铺有漂亮的铺席，花花绿绿的，带来一种温暖的、住家的气氛。我现在唯一的希望是想有扇窗户，村里的茅屋都没有窗户。我跟妇女们一谈起窗户，她们就哈哈大笑。显然，这儿雨季挺长，窗户不实用。不过我决心要有扇窗户，即使地上天天积满雨水也无所谓。

我真想有一张你的照片，西丽。我箱子里有英国和美国传教士协会送我们的各种画片。耶稣、使徒们、圣母玛利亚、耶稣在十字架上受难的图画，还有斯皮克、利文斯顿、斯坦利、施韦策[①]的照片。也许有一天我会把这些画片都贴在墙上。有一次，我比画着想贴，但是放在用布和席子蒙起来的墙上，这些画片使我觉得很渺小，很不快活，于是我又取了下来。连挂在哪儿都挺好的基督像在这儿也显得挺古怪。当然我们把这些画片都挂在学校里了。在教堂圣坛后面，我们挂了好多张基督像。我想这就可以了，不过塞缪尔和科琳在他们的茅屋里还挂画像和圣物（十字架）。

你的妹妹耐蒂

---

① 施韦策（1875—1965），在非洲的阿尔萨斯传教的医生、神学家和音乐家。

亲爱的西丽：

塔希的父母亲刚来过我这里。他们心烦意乱，因为她老跟奥莉维亚在一起。他们说，她变了，不声不响的，想法太多，她变成另外一个人了。她脸上的神情越来越像她的一个姑姑，这个姑姑因为跟村里的生活格格不入，结果被卖给了商人。这个姑姑不肯跟同她定了亲的男人结婚，不肯向酋长鞠躬，整天什么事儿都不干，只是躺着嗑可乐果[①]，咯咯乱笑。

他们打听奥莉维亚和塔希两个人在别的小姑娘帮母亲干活的时候待在我屋里干什么。

塔希在家里偷懒吗？我问。

她父亲看看她母亲。她说，不，正好相反，塔希比她同年龄的小姑娘要勤快。干活干得也很快。可这是因为她想在下午跟奥莉维亚待在一起。我教她的东西她一学就会，好像她早就知道了，她母亲说，但她并不真的记在心上。

她母亲显得不知所措，心烦意乱。

她父亲很生气。

我想，啊哈，塔希知道她永远不会按照她在学的那种生活方式过日子的，但我没有一语道破。

世事在变，我说，天下不再是男孩和男人的了。

[①] 可乐果为大小和果子相近的褐色种子，产自西部赤道非洲、西印度群岛和巴西的一种梧桐科树，含有咖啡因和可可豆素。

我们的女人在这里挺受尊敬的,她父亲说,我们绝不会让她们像美国女人那样漂泊世界。在奥林卡总有人照顾女人的,父亲、叔伯、兄弟、侄子。耐蒂修女,你听了别生气,我们的人可怜像你这样的女人,你从我们不知道的地方被赶了出来,到一个你不了解的世界,你得孤身一人为自己拼搏。

原来我无论在男人还是女人的眼里,我想,都是让人可怜、叫人看不起的可怜虫。

还有,塔希的父亲说,我们不是傻瓜。我们知道世上有些地方的女人跟我们的女人不一样,可我们不主张我们的孩子做这样的女人。

生活在变,我说,奥林卡的生活也在变。不是有我们在这儿吗?

他往地上唾了一口唾沫。你们算什么?三个大人,两个孩子。到了雨季你们会死人的。你们这种人在我们这儿的天气里活不长。即使不死的话,你们也会给病魔折磨得有气无力。就是嘛。我们以前见过这一切。你们基督教徒上这儿来,煞费苦心地改造我们,生了病就回英国去,或者从哪儿来回哪儿去。只有海边的那个商人才留下来,可待了一年又一年,他不是刚来时候的那个白人了。我们知道的,因为他的女人是我们送去的。

塔希挺聪明的,我说,她可以当教员,当护士,她可以帮助村里的人。

这儿不要女人干这种事情,他说。

那我们该回去了,我说,我和科琳修女该走了。

别走,别走,他说。

在这儿只教男孩子?我问。

对啊,他说,好像我不是在反问他,而是表示同意他的看法。

这儿男人对女人讲话的方式老让我想起爸。他们听上一会儿便发号施令。女人说话的时候他们从来不看她一眼。他们看着地,低头看着地。正如她们所说的那样,女人也不"面对面地看男人","正面直视男人的脸"是件厚颜无耻的事情。她们看他的脚,或者他的膝盖。我能说什么呢?我们在爸身边不也是这种样子吗?

塔希下次再踏进你的门槛的话,你马上让她回家。她父亲微微一笑又说,你家的奥莉维亚可以来看她,来学学女人该干的事情。

我也笑笑。心想,奥莉维亚是得受点教育,了解她周围的生活。他的邀请真是极好的机会。

再见,亲爱的西丽,请接受可能在雨季里死去的、可怜的、被遗弃的女人的问候。

爱你的妹妹耐蒂

亲爱的西丽:

最初森林里隐隐约约传来一些响声,一种低沉的嗡嗡声,后来是砍树和拖木头的声音。有些日子是烟熏味。我和孩子还有科琳挨着个儿轮流生了两个月的病。现在我们只听见砍树和又拖又拉的声音。天天有烟味。

今天下午,一个男孩来上我的课,一进门就大声叫喊,路修过来了!路修过来了!他跟父亲在树林里打猎,亲眼看见的。

现在村民们天天聚集在村边木薯地旁,看他们修路。他们有的坐在小凳子上,有的蹲在地上,我望着他们,心里涌起一股敬意。他们不是空着手去看修路的人的。啊,完全不是这样。他们从路修过来的那天起,天天给筑路工送山羊肉、小米粥、烤山芋和烤木薯、可乐果和棕榈酒。天天都像是野餐会。我相信他们彼此交了好些朋友,尽管修路的人是另外一个部落的,讲的语言也不太一样。反正我听不懂。不过奥林卡人好像懂的。他们很聪明,能干好些事情,而且对新事物接受得很快。

真想不到,我们来了已经有五年了。时光变迁很缓慢,却又如水般流逝。亚当和奥莉维亚都快跟我一般高了,门门功课都学得很好。亚当尤其有数学天才,塞缪尔担心他很快就没有东西可教亚当了,他学过的知识都快教完了。

我们在英国的时候遇到过一些传教士,他们在丛林里没东西可教他们的孩子时,就把他们送回家。可我们要是没有这两个孩子,我们很难在这儿过日子。他们喜欢村里的开放精神,喜欢住在茅屋里。他们非常佩服男人的打猎本事和女人独立自主种庄稼的精神。不管我情绪多么低落——我有时情绪真的很低落——只要亚当或奥莉维亚来亲我一下,抱我一下,我立刻又来了精神,又能工作生活了。他们的母亲和我不像从前那样亲热了，可我越来越像他们的阿姨了。我们三个人一天天长得越来越相像了。

大约一个月以前，科琳告诉我以后她不在的时候不要请塞缪尔上我的草屋里来。她说否则村里的人会产生错觉。这对我是个沉重的打击，因为我很喜欢和他在一起。科琳几乎从来没来看过我，我以后就没什么人可讲话了，没有朋友之间的交谈了。可孩子们还来，有时候他们的父母想清静一下，他们就在我这里过夜。这种时候我高兴极了。我们在火上烤花生，坐在地上研究世界各国的地图。有时候塔希也来，给我们讲奥林卡孩子们熟悉的故事。我鼓励她和奥莉维亚用奥林卡文和英文把这些故事写下来。这对她们是很好的锻炼。奥莉维亚觉得，跟塔希一比，她没有什么好故事可讲。有一天，她讲起"雷姆斯大叔"①的故事，没想到塔希知道故事的原版。她的小脸垮了下来。后来我们讨论奥林卡的故事怎么会传到美国的，塔希极为感兴趣。奥莉维亚给她讲她的祖母怎么当奴隶的，塔希都哭了。

可是村里别的人都不想了解奴隶制情况。他们都不承认他们对奴隶制有责任。这一点，我实在不大喜欢。

去年雨季里，我们永远失去了塔希的父亲。他得了疟疾，村医的一切招数都治不好他。他不肯吃我们治疟疾的药，也不让塞缪尔去看他。我来奥林卡以后这是第一次参加葬礼。女人

---

① 美国作家乔尔·钱德勒·哈里斯(1848—1908)作品中的中心人物。雷姆斯大叔是个八十岁的老黑奴。他给一个七岁的白人小男孩讲述大量寓意深远、起源于非洲的有关兔、龟、狐、熊、鹿等动物的民间故事，对孩子进行教育。

都把脸涂得雪白，穿白色寿衣似的长袍，尖着嗓门高声哭泣。她们用树皮把尸体裹起来，埋在树林里的一棵大树下面。塔希伤心极了。她从小就一直努力想讨她父亲的喜欢，可她太小，不懂得她永远不能使他满意。但是他的去世使她们母女亲近起来，现在凯萨琳就像是我们自己人。我说"我们"，指的是我和孩子们，有时候还加上塞缪尔。她还在服丧，不大走出她的草房，但她说她不再嫁人了（她已经生了五个儿子，现在可以随心所欲，自由自在了。她已经成为名誉男人了）。我去看望她时，她明确表示塔希一定要继续学习。她是塔希父亲的遗孀中最勤劳的一个，她的田地收拾得干干净净，收成很好，种得也好，引人注目，因此受到夸奖。也许我可以帮她干些活儿。女人只有在劳动中才彼此了解，互相关心。凯萨琳正是通过劳动才跟她丈夫的另外几个老婆结成了朋友。

女人之间的这种友谊是塞缪尔经常谈到的话题。但好几个女人嫁给一个丈夫，而这位丈夫并不了解她们的友谊，也不跟她们建立感情，这使塞缪尔颇为不安。我想这一切的确挺复杂的。塞缪尔作为基督教牧师，有责任宣传《圣经》中规定的一夫一妻制。塞缪尔被搞糊涂了，因为在他看来，既然女人们是朋友，能为彼此不惜牺牲一切——并非永远如此，但比任何从美国来的人所想象的要好——既然她们嘻嘻哈哈，闲话聊天，彼此照看孩子，那么，她们一定对现状很满意。但是很多女人很少与丈夫在一起。她们有些人一生下来就许配给老头或中年男子。她们的生活总是围着干活、孩子和别的女人转（因为女人不可能有男人做真正的朋友,如果有的话,就会受到种种流言蜚语和排斥非难)。她们真宠她们的丈夫。你真该来看看她们是怎么奉承丈夫的。只要他做了一点点微不足道的事情,她们就赞不绝口,不断地给他们倒棕榈酒,拿甜食。难怪这里的男人都挺幼稚的。而幼稚的成人特别危险,尤其是在奥林卡,因为在这儿,丈夫对妻子有生杀权。如果他指责某个妻子是巫婆,或对他不贞,她就有可能被杀死。

感谢上帝(有时候是由于塞缪尔的干涉),我们来到这里以后还没发生过这类事情。可塔希常给我们讲一些不久以前发生过的阴森可怕的处死女人的故事。上帝还得保佑受宠的妻子的孩子不要生病!这种时候,连女人之间的友谊都会破裂,因为哪个女人都怕别人、怕丈夫说她施了妖术。

祝你圣诞快乐,亲爱的西丽,祝你全家圣诞快乐。我们在"黑色"大陆上欢度圣诞节,我们唱歌,祈祷,举行盛大的野餐会,从西瓜、果子酒到烤肉,样样俱全!

愿上帝祝福你。

耐蒂

最最亲爱的西丽:

我本来打算在复活节前给你写信的,可当时我的处境不好,我不愿意用一些令人泄气的消息来加重你的负担。这封信就此拖了一年。我第一件该告诉你的事是那条路。大约九个月以前,那条路终于修到木薯地旁。奥林卡人最喜欢庆祝典礼，因此兴师动众为修路工人摆宴席，闹了整整一天。这些筑路工又说又笑，对着奥林卡女人挤眉弄眼，调情逗笑。晚上好多人被请进村子，大家欢欢喜喜地闹到深夜。

我认为非洲人很像老家的白人，他们以为他们是宇宙的中心，一切事情都是为他们而做的。奥林卡人肯定持有这种观点，他们自然而然地认为这条路是为他们而修的。事实上，筑路工也大谈奥林卡人现在去海边方便得多了，有了柏油路，三天就能走到——骑自行车的话还用不了三天。当然在奥林卡没有人有自行车。可有个筑路工人有一辆，奥林卡的男人都看着眼红，都说总有一天也要买上一辆。

所以，就奥林卡人来说，这条路已经"修好了"（反正，它已经到了村口）。真没想到，第二天早上我们发现筑路工又回去干活了。他们接到命令还要把路往前修三十英里！而且是沿着现在的路线直接穿过奥林卡村庄。等我们起床，凯萨琳刚种下山芋的地已经给挖掉修路了。奥林卡人当然反对。但筑路工真的拿起了武器。他们有枪，西丽，上头有命令让他们开枪。

西丽，那情景真凄惨。奥林卡人真觉得上了大当！他们束手无策地站着——他们实在不会打仗，除了从前那些部落械斗以外，他们很少想过打仗的事——他们眼睁睁地看着庄稼和家园被毁灭了。筑路工严格按监工的指示修路，丝毫不差。道路必经处的每栋草房都给推倒铲平。西丽，我们的教堂、学校、我的屋子在几小时内都被夷为平地。幸好我们把东西抢救出来了。现在一条柏油路笔直穿过村子的中心,村子好像给破了腹,抽掉了内脏。

酋长一听说筑路工要把路修进村子里面,便去海岸打听情况,争取赔偿损失。两个星期以后,他带着更加令人不安的消息回来了。全部土地,包括奥林卡人的村子,现在属于英国的一个橡胶制造商了。他走近海岸时,被眼前的景象惊呆了,千百个像奥林卡这样的村子正在清除道路两边的树林,改种橡胶树。古老参天的桉树和其他各种树木、猎物以及树林里的一切都被砍倒杀死,土地被迫休种,他说,地上光秃秃的,跟他的巴掌一样干净。

开始他以为那些告诉他有关英国橡胶公司情况的人一定搞错了,至少关于这家公司的领地包括奥林卡村在内的说法是错的。可最后人们让他去总督府,那是一座白色大房子,院子里旗帜飘扬。他在那里见到了总负责的白人,和他谈了话。就是这个人给筑路工下的命令,这个人是从地图上才知道有奥林卡这个村子的。他讲英语,我们的酋长也努力用英语与他交谈。

他们的交谈一定很艰难。我们的酋长英语并不好,他只是从约瑟夫那里学了几个词,而约瑟夫总是把"英语"说成"阴雨"。

可最糟糕的事情还在后头。因为村子现在不为奥林卡人所有,他们必须付租金,为了用水,他们必须付水费,因为水也不为他们所有。

人们听了哈哈大笑。这事听起来实在荒唐。他们世世代代一直住在这儿的,怎么村子会不是他们的了。可是酋长没有笑。

我们得跟那个白人打一仗,他们说。

那白人可不是孤身一人,酋长说,他把军队带来了。

这是几个月以前的事了,到目前为止还是风平浪静。人们像鸵鸟一样生活,只要有办法绝不走那条新修的路,而且从来不朝海岸方向看一眼。我们又盖了一座教堂、一所学校和一栋茅屋。我们等着。

这些日子里,科琳得了非洲寒热,病得很厉害。从前很多传教士都因为生这种病死去了。

但是孩子们都很好,男孩们现在愿意与奥莉维亚及塔希一起上课了,很多母亲都把女儿送来上学。男人们不乐意。谁会想娶跟丈夫一样懂得不少事的妻子呢?他们火冒三丈。但女人们自有办法,她们爱孩子,连女儿都爱。

等情况好转的时候,我会再给你多写信的。我相信上帝,情况会变好的。

你的妹妹耐蒂

最最亲爱的西丽:

复活节以后,整整一年的日子都很艰难。科琳生病以来,她的工作都由我来承担,同时我还得护理她,而她很讨厌我。

有一天她躺在床上,我给她换衣服,她使劲瞪我,瞪了好久,她的眼神充满妒意却又颇为可怜。为什么我的孩子长得都像你?她问。

你真的觉得他们很像我？我说。

他们简直跟你是一个模子里印出来的，她说。

也许是因为我们生活在一起的缘故，你对别人的爱能使他们长得像你，我说。你知道，有些老夫妻长得像极了。

我们到这儿的第一天，这里的女人就看出你们长得很像，她说。

你原来一直在为这事儿烦恼？我想打个哈哈把话扯开。

但她还是望着我。

你第一次见到我丈夫是在什么时候？她一个劲儿地问。

这时候我才明白她的心事。她以为亚当和奥莉维亚是我的孩子，而塞缪尔是他们的父亲！

啊，西丽，这么多年来，这件事一直在折磨她！

我是在见到你的那天才见到塞缪尔的，科琳，我说。（我还是没记住时时用"姐姐"的称呼。）上帝作证，我说的是实话。

把《圣经》拿来，她说。

我把《圣经》拿过来，把手放在上面，起誓我说的是实话。

你知道我是从来不撒谎的，科琳，我说，请相信我现在说的是实话。她又把塞缪尔叫来，要他起誓在我跟他认识之前他没见到过我。

他说，我向你道歉，耐蒂妹妹，请原谅我们。

塞缪尔一走出屋子，她就要我撩起裙衫，她从病床上坐起来检查我的肚子。

我真替她难受，西丽，也为自己感到羞辱。最叫人受不了的是她对孩子的态度。她不让他们走近她身边,他们感到莫名其妙。他们怎么能弄懂呢?他们根本不知道自己是抱养的。

下个季度,村里就要种橡胶树了。奥林卡人打猎的地盘已经被破坏,男人得到很远很远的地方去寻找猎物。女人整天待在地里照管庄稼,祈祷上天。她们对天地唱歌,也对木薯和花生唱歌,既有爱情歌曲,也有表示永别的歌曲。

我们这里,人人都很忧伤,西丽。我希望你的生活能幸福。

你的妹妹耐蒂

亲爱的西丽:

你猜是怎么回事?塞缪尔也认为两个孩子是我的!因此他才动员我跟他们一起来非洲。我到他们家的时候,他以为我是跟踪追迹找孩子来的。他心肠很软,下不了狠心,不能把我撵走。

如果他们不是你的孩子,他问,那是谁的?

但我首先要问他几个问题。

你去哪儿找到他们的?我问。西丽,他给我讲了一个能使人毛骨悚然的故事。我希望你,可怜的人,有些心理准备。

从前有个富裕农民,他在城边有田产。就在咱们的城边上,西丽。他庄稼种得好,干什么都发财,他决定开爿店,卖布匹,试试运气。结果,他的生意非常兴隆,他只好动员两个弟弟来帮他经营。日子一久,他们的买卖越来越好。白人商人开始聚在一起,抱怨他的店把他们这些店的黑人顾客都抢走了,这个人在布店后边开的铁匠铺把一些白人的生意又揽了过去。这样下去不行。于是,一天夜里,这个人的店被烧了,铁匠铺被砸了,这个人和他的两个弟弟在半夜里被拖出家门,用私刑处死了。

这个人有一个他十分心爱的妻子,他们有一个小女孩,还不到两岁。她当时还怀着一个孩子。邻居把她丈夫的尸体抬回家来,尸体残缺不全,而且都被烧焦了。她看到丈夫惨死的情景昏死过去。她生下第二个孩子,也是个女孩。后来寡妇的身体养好了,但头脑却永远糊涂了。她在吃饭的时候还像往常一样给丈夫摆一份刀叉,她一天到晚总在说她和她丈夫的打算与计划。邻居们虽然不是有意,却越来越避开她,一方面因为她谈论的计划都不是黑人能想到做到的事情,另一方面也因为她苦恋过去的样子实在太凄惨了。她是个漂亮的女人,而且还有土地,但没有人替她耕种,她自己又什么都不会;她还老等着她丈夫吃完她给他做的饭,亲自下地去张罗。于是很快家里就断粮了,光靠邻居接济,她跟两个小娃娃就在院子里胡乱找些东西来糊口。

她第二个孩子还在襁褓里的时候,镇上来了个陌生人。他竭尽全力照顾这个寡妇和她的两个孩子,没过多久,他们就结婚了。她马上就第三次怀孕了,但她的脑筋还是不清楚。从此以后,她年年怀孕,身体一年不如一年,精神越来越不正常。又过了好几年,她去世了。

她去世的前两年生了个女孩,她身体虚弱没法喂养。后来她又有了个小男孩。两个孩子起名叫奥莉维亚和亚当。

这就是塞缪尔的讲话内容，我几乎是一字不差地复述他的话。

跟寡妇结婚的那个陌生人是塞缪尔皈依基督以前的朋友。他抱着孩子来塞缪尔家的时候——先是奥莉维亚，后来是亚当——塞缪尔觉得他没法不收下孩子，他甚至觉得他们是上帝听见他和科琳的祈祷，专门给他们送来的。

他从来没跟科琳谈起那个男人和孩子"母亲"的事，他不想让她在欢乐的时候感到伤心。

后来，我忽然冒了出来。他仔细一琢磨，想到他的朋友一直流氓成性，便明白是怎么回事，于是他没多盘问便把我收下了。说老实话，我一直对这一点感到奇怪，不过我把它归结到基督徒的怜悯之心。科琳问过一次，我是不是从家里逃出来的。我解释说我是个大姑娘了，我家里人口多，又很穷，我该离开家自己找工作养活自己了。

塞缪尔把来龙去脉讲给我听的时候，我哭了，眼泪把衬衣湿了一大片。我一时没法告诉他们事实真相。但是，西丽，我可以告诉你。我衷心祈求上帝让你能收到这封信，即使别的信一封都收不到也行。

爸不是我们的亲生父亲！

你的忠实的妹妹耐蒂

亲爱的上帝：

原来如此，莎格说，你把东西收拾收拾，跟我回田纳西去。
我觉得一片糊涂。
我的爸爸被人用私刑杀死了。我的妈妈疯了。我的小弟弟小妹妹不是亲的。我的孩子不是我的妹妹和弟弟。爸不是我亲爸。
你一定睡糊涂了。

亲爱的耐蒂：

这辈子我第一次很想见见爸。于是我和莎格穿上新做的、颜色配得很好的蓝花长裤，戴上颜色配得很好的复活节软帽，不过她帽子上的玫瑰是红颜色的，我的是黄的。我们坐进派克汽车，开着回老家。乡下现在到处都铺了路，二十英里地，一会儿就到了。

我出嫁以后见过爸一次。有一天某某先生和我在饲料店门口装大车。爸和梅·艾伦在一起，她在整理她的袜子。她弯着腰把袜子拉到膝盖以上，把袜筒拧了几下打成结。他站在她身边用手杖笃笃地敲着石子路面，好像想揍她两下。

某某先生挺友好地走过去，伸出手去跟他握手。我还是装我的大车，研究麻包上的花样。我从来没想过要再见他。

我们去的那天春光明媚，天气很好，稍稍有点冷，就像复活节前后的天气。我们的汽车一拐进小巷就发现到处都是绿色，好像尽管别处的土地还没有化冻返青，爸的地已经开冻，已经春回大地、万物生长了。沿着大路都是百合花、长寿花、郁金香和各种各样早春的小野花。我们发现小鸟沿着矮树篱飞上飞下，叽叽喳喳唱个不停，矮树上也开着小黄花，发出一股像五叶地锦的香味。这儿跟我们开车经过的地方都不一样，这儿使我们感到心旷神怡。耐蒂，我知道我的话听起来很滑稽，可我真觉得那儿的太阳对我们特别好，照得我们暖洋洋的。

啊呀，莎格说，这里漂亮极了。你从来没说过这儿有这么美。

从前这儿可没这么好看，我说，每年复活节都发大水，我们孩子都得感冒。不过，我说，我们都守在屋子里，那房子可真没什么看头。

这样的房子还没什么看头？她说。我们爬坡上了一座我不记得的小山，一直开到一座黄色的楼房跟前，两层楼，绿色的百叶窗和绿色的木瓦斜屋顶。

我笑了。我们一定拐错弯了，我说，这是白人的家。

那房子实在太美了，我们把车停下，坐着看了起来。

那几棵开满花的是什么树？莎格问。

我不知道，我说。有点像桃树、李树、苹果树，也许是樱桃树。不管什么树，它们真好看。

房子的四周到处都是开满花的树，到处都爬满百合花、长寿花、蔷薇花。从全县各处飞往城里的小鸟不断地停在树上歇歇脚。

我们看了好一阵子，我说，这儿真静，我猜家里没人。

对，莎格说，也许在教堂里。这么好的星期天是该去做礼拜。

我们还是趁这儿的主人没回来以前赶快走吧。话刚出口，我就发现一棵我认得的无花果树。同时，我们听见一辆汽车开了上来。汽车里坐的不是别人，正是爸和一个看上去像是他的孩子似的年轻姑娘。

他开门下车，又绕过车头给她开门。她穿着很讲究，粉红色的套装，粉红色的大帽子，粉红色的皮鞋，胳膊上还挂着一个粉红色的小皮包。他们看看我们的车牌，朝我们的汽车走过来。她挽着他的胳膊。

早上好,他走到莎格的车窗口对她说。

早上好,她慢吞吞地说,我知道她并不认识他是我父亲。

有什么事要我帮忙吗?他没看见我,也许即使他看见我,也不会认出我来。

莎格悄声说,是他吗?

我说,是的。

最使我和莎格吃惊的是,他看上去真年轻。他显得比身边的姑娘老,尽管她穿着打扮得像个成年女人。可他看上去真年轻,真不像一个孩子都成年了、连孙子都快成年的人。不过我想,他不是我的父亲,只是我孩子的爸爸。

你妈妈当年干了些什么?莎格问,抢了个小娃娃做丈夫?

可他并不年轻了。

我把西丽带来了,莎格说,你的女儿西丽。她想来看看你。有几个问题想问你。

他好像在回想。西丽?他说。口气就像在说,西丽是谁?后来他说,你们下车到门廊里坐会儿吧。黛西,他对身边的小女人说,告诉赫蒂过一会儿再开饭。她捏捏他的胳膊,踮起脚,亲亲他的下巴颏。他转过脸,看着她走上小道,走上台阶,走进前门。他随着我们走上台阶来到门廊里,帮我们拉开摇椅。接着他说,你们想干吗?

孩子们还在这儿?我问。

什么孩子们?他说。接着他哈哈大笑。哦,他们跟他们的妈妈走了。她离开了我,一走了之。回到她自己的娘家去了。对啊,他说,你还记得梅·艾伦。

她干吗要走?我问。

他又笑了起来。我想,因为我嫌她太老了。

小女人又走出来,坐在他椅子的扶手上。他摸着她的胳膊跟我们讲话。

这位是黛西,他说,我的新婚妻子。

什么,莎格说,你看上去还不到十五岁。

我是不到十五岁,黛西说。

你家里的人肯让你嫁给他,我真有些吃惊。

她耸耸肩膀,看看爸。他们给他干活,她说,住在他的地里。

我现在是她的亲人了,他说。

我恶心得直想吐。耐蒂在非洲,我说,当传教士。她写信告诉我你不是我们的亲生父亲。

是吗,他说,现在你总算知道了。

黛西看着我,满脸可怜我的神情。他就是这样的人,他把这件事瞒着你,她说。他告诉过我他怎么养大了两个不是他女儿的小姑娘,她说,我以前一直不相信。

是啊,他从来不告诉她们,莎格说。

你真是个可爱的老家伙,黛西说着,亲亲他的脑门。他来回抚摸她的胳膊。他笑眯眯地瞅着我。

你爸不懂得怎么跟人打交道过日子,他说,白人用私刑杀害了他。这事太惨了,不能告诉正在成长的可怜的小女孩。他说,任何人都会像我那样做的。

不见得,莎格说。

他看看她,又看看我。他明白她什么都知道。不过他根本不在乎。

拿我来说,他说,我知道白人是怎么回事。关键在钱。咱们黑人的毛病在于他们刚一摆脱奴隶制就什么东西都不想给白人。可问题是你非得给他们些甜头。不是钱就是地,要不然就是你的老婆,你的屁股。所以我就是干什么都送钱。我撒种以前就让这个人那个人都知道每三粒种子里总有一粒是为他播的。我磨麦子的时候也为他磨。我在城里重新开你爸那爿店的时候,我雇了个白人来经营店堂。好处在于,他说,我是用白人的钱收买他的。

西丽,赶快问这位大忙人你要问的问题,莎格说,我看他的饭都快凉了。

我爸埋在哪儿?我问。我只要打听这一件事。

在你妈的坟边上,他说。

有墓碑吗?我又问。

他看看我,好像我是个疯子。被私刑杀害的人的坟上从来不立墓碑,他说。好像人人都知道这是怎么回事。

妈妈的坟有墓碑吗?我问。

他说,没有。

我们离开的时候,小鸟跟我们来的时候一样,唱得很好听。

可我们一拐弯离开大路，它们好像都不唱了。等我们到墓地的时候，天色变阴了。

我们四处寻找爸和妈的坟。一心希望哪怕找到一片说明地方的木片也好。可我们什么都没找到，到处都是野草、苍耳草，有些坟头上有几朵褪了色的纸花。莎格拎起一只不知谁家的马掉的马掌。我们拿着老马掌转圈，我们俩转了一圈又一圈，转得头昏眼花，差点没倒下。我们把马掌插在我们俩差点倒下的地方。

莎格说，我们是一家人啦。她亲了我一下。

亲爱的西丽：

我今天早晨起床以后必须把真相原原本本都告诉塞缪尔和科琳。我走进他们的草房，拉过一张凳子坐在科琳的床边。她虚弱极了，只能瞪我一眼——我知道她不欢迎我。

我说，科琳，我是来跟你和塞缪尔谈谈真实情况的。

她说，塞缪尔已经告诉我了。如果这两个孩子是你的，你干吗不早说？

塞缪尔说，别这样，宝贝。

她说，别跟我宝贝宝贝地来这一套。耐蒂向《圣经》起誓她会对我讲实话，对上帝讲实话，可她还是撒了谎。

科琳，我说，我没有撒谎。我略略转身，背对着塞缪尔轻声对她说，你不是看过我的肚子了吗。

我又不知道怀孕是怎么回事，她说，我从来没怀过孕。也许女人能消除一切痕迹的。

肚皮撑开过的那条线是抹不掉的,我说,这条线一直深入到皮肤里。女人的肚子撑开过以后就会鼓起,这儿女人的肚子都是这样。

她转过脸对着墙,不再理我了。

科琳,我说,我是两个孩子的姨妈。他们的母亲是我的姐姐西丽。

我把全部经过一五一十都告诉他们。只是科琳还是不相信。

你跟塞缪尔撒的谎太多了,谁还能信你的话?她说。

你得相信耐蒂,塞缪尔说。不过我讲的关于爸跟你的事情使他大为吃惊。

这时我想起你说过你在城里见过科琳、塞缪尔和奥莉维亚,当时科琳正在买布,要给她自己和奥莉维亚做衣服。你叫我去找她,因为她是你见到过的唯一有钱的女人。我想方设法想让科琳记起她跟你见面的那一天,可她想不起来。

她越来越虚弱了,除非她肯相信我们的话,除非她为两个孩子着想,否则我怕我们会失去她。

啊,西丽,猜疑真是件可怕的事情。我们在不知不觉中伤害别人也是件可怕的事情。

为我们祈祷吧。

耐蒂

最最亲爱的西丽：

上个星期我天天都千方百计想让科琳回忆起她在城里遇见过你。我知道，如果她能想起你的脸，她会相信奥莉维亚是你的孩子（即使亚当不像的话）。他们认为奥莉维亚长得像我，其实这是因为我长得像你。奥莉维亚的脸型和眼睛跟你一模一样。我真奇怪当时科琳没看出来你们两人长得很像。

你还记得城里的那条大街吗？我问。记不记得芬雷粮店前面的拴马桩？记不记得那家店里总有一股花生壳的味道？

她说她都记得，就是不记得有人跟她讲过话。

后来我想起她的一条被子。奥林卡人做的被子漂亮极了，被面都是用布拼成的动物、鸟和人。科琳一看见他们的被子就用孩子们穿不下的衣服和自己的旧衣服做了条被子，被面花样是由一组九块布片拼成的方块构成的方形图案。

我到她箱子里去翻她的被子。

别动我的东西，科琳说，我还没死呢。

我把被子一条条拿出来对着光线翻着，一心想找到我记得她做的第一条被子。同时我还拼命回想我刚到她家时她和奥莉维亚穿的是什么样的衣服。

啊哈，我总算找到我要找的那一条，我把被子打开放在床上。

你还记得买这块布的时候吗？我指指一块带花的布。还有这个方格的小鸟？

她用手摸摸花样，慢慢地泪水涌上眼眶。

她长得真像奥莉维亚，她说，我真担心她会把她要回去，因此我拼命要把她忘掉。我只想店里的伙计待我真不好！我当时表现得有点神气，因为我是塞缪尔的妻子，还是斯班尔曼神学院的毕业生。可他却把我当成个普普通通的黑鬼。哦，我当时真生气！我的自尊心受到伤害！回来的路上，我想的、跟塞缪尔谈的就是这一点。我根本没提起，也没想到过你的姐姐——她叫什么名字——西丽？我一点都没想到她。

她呜呜地哭了起来。我和塞缪尔握着她的手安慰她。

别哭，别哭，我说。我姐姐看到奥莉维亚和你在一起，她真高兴。她很高兴看到她还活着。她以为她的孩子都死了。

可怜的人！塞缪尔说。我们坐着说了一会儿话，我们互相安慰，一直到科琳睡着了。

西丽，她半夜里醒过来，对塞缪尔说，我相信了。但她还是死了。

你的悲痛的妹妹耐蒂

最最亲爱的西丽：

我以为我对这儿的炎热、常年不变的潮湿已经习惯了，我的衣服总是湿漉漉的，胳肢窝下和大腿间总是汗津津的，我也习以为常了。可就在这个时候，我的朋友[①]来了。我腰酸背疼，

---

① 指女人的月经。

抽筋肚痛——但我还得装得若无其事,照样工作干活,否则对塞缪尔,对孩子们,对我自己都难堪。更别提村里人了,他们认为来朋友时的女人根本不应该见人。

奥莉维亚的母亲刚一去世,她的朋友也来了;我猜她和塔希两人互相照顾。反正她们对我一字不提,我也不知道该怎么跟她们谈这个问题。我觉得这样做是不对的,但你不能跟奥林卡的女孩子谈生理现象,她的爸妈会不高兴的,而奥莉维亚极不愿意她们把她当外人。她们庆祝女孩长大成妇人的仪式很野蛮,很折磨人的,我不准奥莉维亚接受这种仪式,连想都不让想。

你还记得我第一次来月经时害怕的情景吗?我以为我把自己割破了。感谢上帝当时你在我身边,告诉我我没事。

我们用奥林卡的风俗埋葬了科琳,把她用树皮裹起来埋在一棵大树下边。她和蔼可亲的态度、她受的教育、她努力行善的好心,都随着她长眠于地下。她教给我的东西真不少!我将永远怀念她。母亲的去世使两个孩子大为震惊。他们知道她病得很厉害,但他们从来没想过他们的父母,乃至他们本人,会死去。送葬的小队伍显得很古怪。我们穿着白色的长袍,面孔涂得雪白。塞缪尔恍恍惚惚,若有所失。我相信他们两人结婚以来,连一夜都没有分开过。

你近况如何?亲爱的姐姐。送旧迎新,一年又一年地过去了,但我从未收到你的只言片语。我们共同享有的只是头上的蓝天。我常常仰望蓝天,好像无尽的天穹有反射作用,总有一天我会仰视天空,看到你的眼睛,你那亲爱的、清澈而美丽的大眼睛。啊，西丽！我在这儿的生活除了工作、工作、工作之外便是忧虑。我的青春岁月已从我身边悄悄溜走。我一无所有，没有男人，没有孩子，除了塞缪尔没有亲近的朋友。但我确实有孩子的：亚当和奥莉维亚。我确实有朋友的：塔希和凯萨琳。我甚至还有个家庭——我们这个村庄，它现在遇上艰难的日子了。

现在工程师已经来勘测土地了。昨天来了两个白人在村里转悠了几个小时，主要检查水井。奥林卡人真是天生的殷勤好客，他们四处张罗为这两个白人准备饭食，尽管他们手头的食物所剩无几，因为往年这时候长满蔬菜的园子有不少都给破坏了。而那两个人坐着大吃大喝，仿佛食物是唾手可得、不值一提的事情。

奥林卡人明白，破坏他们家园的人是干不出什么好事的，但习惯势力根深蒂固。我没有跟两个白人讲话，塞缪尔跟他们聊了一会儿。他说他们只谈工人啊，土地有几千米啊，下雨的情况，秧苗的好坏，机器，等等。一个人对周围的人完全不予理睬，只是吃饭，抽烟，眺望远处；另一个人，年轻一些，忙着学奥林卡方言。他说，趁这方言还没消失以前学一点。

我看着塞缪尔跟他们讲话，心里很不是滋味。一个人一个字一个字地使劲听使劲学，另外一个人越过塞缪尔的脑袋直愣愣地望着远处，不知在想些什么。

塞缪尔把科琳的衣服全给了我。我真需要衣服，尽管我们的衣服在这儿的天气都不合适。即使非洲人的衣服也不合适。他们从前穿很少的衣服，后来英国太太们带来宽大的长罩衣。

这种衣服又长又不合身,还很累赘,连一点样子都没有,总要拖进火里,造成好多烧伤事故。我实在不愿意穿这种又长又大、好像是给巨人穿的衣服。所以我拿到科琳的衣服满心高兴。但我又怕穿这些衣服。我记得她说过我们不要互相借衣服穿。我想起她的话心里很痛苦。

你肯定科琳姐姐不反对我穿她的衣服?我问塞缪尔。

是的,耐蒂妹妹,他说。请你不要用她的恐惧来非难她。她后来明白了,也相信了。而且还宽恕了——宽恕了一切需要宽恕的事情。

我早点告诉你们就好了,我说。

他让我谈谈你的情况。我的话就像打开闸门的洪水滔滔不绝。我真想找个人谈谈我们俩的身世。我告诉他,我每年圣诞节和复活节都给你写信。还告诉他当年我离开你以后,他如果去看你的话,那对我们两人是件大好事。他很抱歉,他当时怕惹事,犹豫了一下,没来看你。

要是我当时就知道现在你讲的这一切就好了!他说。

但他怎么可能知道呢?天下有许多事情,我们并不明白,因此就有了许多不幸。

我爱你,祝你圣诞快乐。

你的妹妹耐蒂

亲爱的耐蒂：

我不再给上帝写信了，我给你写信。
上帝怎么啦？莎格问。
他是谁？我说。
她挺严肃地看看我。
你是个大坏蛋，我说，你当然不为上帝担忧。
她说，等一下，等一等。我确实不像我们认识的一些人老在没完没了地谈上帝，但这不等于说我不信教。
上帝为我干了哪些事？我说。
她叫了一声：西丽！好像她很吃惊。他给了你生命、健康的身体，还有一个到死也爱你的好女人。
是啊，我说，他还给我一个被私刑处死的爸爸，一个疯妈妈，一个卑鄙的混蛋后爹，还有一个我这辈子也许永远见不着的妹妹。反正，我说，我一直向他祈祷、给他写信的那个上帝是个男人。他干的事和所有我认识的男人一样，他无聊、健忘、卑鄙。
她说，西丽小姐，你最好住嘴别说了。上帝也许会听见的。
让他听见好了，我说，我告诉你，要是他肯听听可怜的黑女人的话，天下早就不是现在这种样子了。
她东拉西扯，一心想打断我的话头，不让我亵渎上帝。可我还是说个痛快，好好亵渎了一通。
我这一辈子从来不在乎别人对我有什么看法，我说，但我心里对上帝还是很在乎的,老担心他会怎么想。我总算发现,上帝根本不想。他就是坐在那儿,我猜,以耳聋为光荣。不过抛开上帝不是件容易的事。即使你知道上帝不在那儿,可你总觉得抛开他挺别扭的。

我是个罪人,莎格说,因为我投生来到了人间。我不否认我是罪人。不过你一旦发现我们的命运就是这么回事,你还能有什么办法呢。

罪人的日子更快乐,我说。

你知道为什么吗?她问。

因为你用不着老担心,怕上帝怪罪你,我说。

不对,你说得不对,她说。我们挺怕上帝的,老在提心吊胆。但只要我们发现上帝爱我们,我们就尽力而为,以我们的本性去讨他喜欢。

你是说,上帝爱你,而你从来不为他干事?我指的是,从来不去教堂,不参加圣诗班唱歌,不给牧师做吃的,这样的事情都不做?

要是上帝爱我的话,西丽,我不用做这种事,除非我想做。我猜还有很多别的上帝喜欢的事我都能做。

什么样的事?我问。

喏,她说,我可以躺着欣赏东西,快快活活的。过高高兴兴的日子,好好乐一乐。

哼,这话真像亵渎神明。

她说,西丽,说老实话,你在教堂里看见过上帝吗?我从来没看见过。我只看到一群希望上帝显灵的人。我在教堂里感受到的上帝都是我自己带去的。我认为别人也是这样。他们到教堂来和大家分享上帝，而不是寻找上帝。

有些人没有上帝可分享，我说。我挺着大肚子的时候，我苦苦挣扎对付某某先生的孩子的时候，有些人不理我，她们没有可以和大家共有的上帝。

对，她说。

她又说，西丽，告诉我你的上帝是什么模样。

不行，不行，我说。我太不好意思了。从来没有人问过我这个问题，我真吓了一跳。而且，我仔细一琢磨，我心里的上帝好像有些不大对头。不过我就只有这个上帝。我决定为他说上几句，看看莎格有什么话要说。

好吧，我说，他个子高大，模样挺老，胡子花白，满头白发。他穿白颜色的长袍，光着脚走路。

眼睛是蓝色的吧？她问。

有点蓝灰色。眼神比较冷静。但眼睛挺大。眉毛是白的，我说。

她哈哈大笑。

你笑什么？我问。我不觉得这有什么可笑的。你觉得他应该是什么模样，像某某先生？

那好看不了多少，她说。后来她告诉我，我说的这个白老头跟她从前做祷告时看见的上帝一模一样。西丽，她说，如果你想在教堂里找到上帝的话，这个白老头一定会出现在你面前的,因为他就住在那儿。

怎么回事?我问。

因为他就是白人的白《圣经》里的白上帝。

莎格!我说。《圣经》是上帝写的,跟白人没关系。

那他怎么长得跟他们一样?她问。只比他们个子高一些。头发多一些。《圣经》怎么会跟白人做的别的东西一样,总是说他们干了一件又一件的事情,而黑人干的只有一件事——受诅咒?

我从来没想过这个问题。

耐蒂说过,《圣经》里有个地方说,耶稣的头发就像羔羊身上的毛,我说。

好吧,莎格说,如果他想到我们所说的教堂里来的话,他最好把他的脑袋换个样。黑鬼最不希望他们的上帝有扭结绞缠的头发。

这倒是真的。

你读《圣经》的时候,没法不觉得上帝是白人。她说完叹了口气。我发现我把上帝看成是白人,而且是个男人,我就对他不感兴趣了。你气得要命,因为他好像不来听你的祷告。哼!市长听不听黑人讲的话?去问问索菲亚吧,她说。

我用不着问索菲亚。我知道白人从来不想听黑人在说些什么。就是这么回事。如果他们听的话,他们只听一会儿,好告诉你你该怎么做。

我跟你说吧,莎格说,说说我相信的事情。上帝在你心里,也在大家的心里。你跟上帝一起来到人间，但是只有在心里寻找它的人才能找到它。有时候，即使你不寻找，或者不知道你在寻找什么，它照样出现在你眼前。我想，对大多数人来说，找它是件麻烦事，可悲，主啊，感情就像蹩脚货色。

它？我问。

对。它。上帝既不是她也不是他，而是它。

它长什么样？我问。

什么都不像，她说。它不是电影。它不是你看得见摸得着的东西，不是跟别的东西，包括你自己在内的一切东西分得开的东西。我相信上帝就是一切，莎格说。现在的一切，从前的一切，将来的一切。你这么想的时候，你因为有这种想法而感到快乐的时候，你就找到它了。

我跟你说，莎格真是个美人。她皱皱眉头，望着院子外边，向后一靠，靠在椅子上，看上去真像朵大玫瑰花。

她说，我摆脱这个白老头的第一步是我在树木中发现了生命力；后来我在空气中发现了生命力；后来在鸟身上；再后来是在别人身上。有一天我安安静静地坐着，觉得自己像个没娘的孩子，它突然来了，我觉得我是万物的一部分，不是跟万物毫无关系的、割裂的东西。我知道如果我砍一棵树的话，我的胳臂也会流血。我又哭又笑，绕着屋子乱跑。我知道这是怎么回事。这种时候，你是不会错过的。简直有点像你知道的那回事，她笑眯眯地说着，摸摸我的大腿。

莎格！我说。

哦,她说,上帝喜欢这种感情的。这是上帝干的最好的好事。你要是知道上帝会喜欢的话,你从中得到的乐趣就要大得多。你可以精神放松,听其自然,并且以尽情享受你喜欢的一切来赞美上帝。

上帝不会觉得这样做太下流了?我问。

不会的,她说。这也是上帝创造的嘛。听我说,上帝喜欢你所爱的一切——还加上一大堆你不喜欢的东西。但是上帝最喜欢别人赞美他。

你是说,上帝挺虚荣的?我问。

不是,她说,不是虚荣,只是喜欢有好东西大家一起享受。我认为,你要是走过一块地,没注意到地里的紫颜色,上帝就会很生气。

它生气的时候干什么?我问。

哦,它再造点别的东西。大家以为上帝一心想的是要大家讨它喜欢。不过天下最大的傻瓜都看得出来,它老在想办法讨我们喜欢。

是吗?我说。

是的,她说。它老出其不意,在我们最想不到的时候让我们小小地吃惊一番。

你的意思是,它就像《圣经》说的那样,喜欢大家爱它。

对啊,西丽,她说,天下万物都喜欢为人所爱。我们唱歌、跳舞、做鬼脸、送鲜花,都是为了能叫人喜欢。你注意过没有,连树木除了不会走路以外,都像我们一样千方百计吸引人的注意力?

得了,我们谈了这么半天的上帝,可我还是不知所措。我在使劲把那个白老头从我头脑里赶出去。我一直忙着想他,结果从来没真正注意过上帝创造的一切。连一片玉米叶子(它怎么做出来的?)、连紫颜色(它从哪儿来的?)都没注意过。我没仔细看过小野花。什么都没注意到。

现在我睁开眼睛了,我觉得自己像个大傻瓜。某某先生就在我的院子里那些矮灌木丛边上,他的邪恶好像有些收敛,但还没彻底消除。还是像莎格说的,你眼睛里没有了男人,你才能看到一切。

男人腐蚀一切,莎格说。他坐在你的粮食箱上,待在你的脑子里、收音机里。他要让你以为他无所不在。你相信他无所不在的话,你就会以为他就是上帝。可他不是。如果你在做祷告,而男人堂而皇之地一屁股坐下来接受你的祷告的话,你就叫他滚蛋,莎格说。你就用魔法召来花朵、风、水、大石头。

可是这很难办到。他在那座位上坐了很久,他不肯动弹了。他用闪电、洪水和地震来威胁我。我们搏斗。我很少祷告。我每次想象出一块石头,就扔出去。

阿门!

亲爱的耐蒂：

我告诉莎格我不给上帝写信了，我在给你写信。她听了哈哈大笑。耐蒂不认识这些人，她说。想想我一直在给谁写信，我也觉得挺好笑的。

你看见的那个给市长做用人的人就是索菲亚。她就是那个你在城里看到的、给白女人拿大包小包东西的人。索菲亚是某某先生的儿子哈波的老婆。警察把她关起来，因为她对市长太太顶嘴，又还手打了市长。她先在监狱里洗衣服，差点没死了。后来我们想办法让她进了市长的家。她得住在阁楼上的一间小屋子里，不过这总比监狱好。阁楼上也许有苍蝇，但是没有耗子。

总之，他们关了她十一年半，因为她表现好，提前六个月把她放了，让她早些回家团聚。她的大孩子都结了婚，离家单过了，她的小的几个不喜欢她，不知道她是谁。觉得她一举一动很可笑，看上去老得很，而且太宠她带大的那个白人女孩。

昨天我们都在奥德莎家吃饭。奥德莎是索菲亚的姐姐。是她把孩子带大的。吃饭的有她跟她的丈夫杰克，哈波的女朋友吱吱叫，还有哈波自己。

索菲亚缩头缩脑地坐在大桌子边上，好像那儿没有她的地方。孩子们隔着她伸手去够桌上的东西，好像没有她这个人。哈波和吱吱叫说话做事都像是一对结婚多年的老夫妻。孩子们都叫奥德莎妈妈。叫吱吱叫小妈妈。叫索菲亚"小姐"。只有哈波和吱吱叫的小女儿苏齐蔻还对她感兴趣。她坐在索菲亚的对面,眯起眼睛看着她。

莎格-吃完饭就把椅子往后一推,点起一支香烟。现在我该告诉你们大家了,她说。

告诉我们什么?哈波问。

我们要走了,她说。

是吗?哈波边说边四处看看找咖啡。后来他看了一眼格雷迪。

我们要走了,莎格又说一遍。某某先生好像挨了一闷棍,莎格一说起她要上别处去,他就是这种神情。他伸手摸摸肚子,转过脸不看她,好像她没说过话。

格雷迪说,你们真是好人哪,我说的是实话。都是些高尚的人。可是——该动身上路了。

吱吱叫一声不吭。她一味地低着脑袋凑在她的盘子上。我也不吭声。我等着吵架呢。

西丽跟我一起走,莎格说。

某某先生的脑袋猛地转了过来。你说什么?他说。

西丽跟我一起去孟菲斯。

休想,除非我死了,某某先生说。

你想要死的话,我保你满意,莎格很冷静地说。

某某先生从椅子里跳了起来,看了莎格一眼又一屁股坐了下去。他看看我说,我以为你总算快活了。现在又怎么啦?

怎么啦!就是你这个卑鄙的混蛋,我说。我现在该离开你去创造新世界了。你死了我最高兴。我可以拿你的尸体当蹭鞋的垫子。

你说什么？他大为吃惊。

桌子四周的人都张大着嘴，目瞪口呆。

你把我妹妹耐蒂从我身边撵走，我说，天底下只有她才爱我。

某某先生气急败坏。但但但——他说，好像马达在响。

但是耐蒂和我的孩子快回来了，我说。等她回来，我们大家要好好揍你一顿。

耐蒂和你的孩子！某某先生说。你胡说八道。

我有孩子的，我说。他们在非洲长大。那儿的学校好，空气新鲜，活动又多。他们比你不想养活的那伙傻瓜要强得多。

等等，你胡说什么，哈波说。

哼，等个屁，我说，当年你如果不是一心要管索菲亚的话，她绝对不会给白人捉走的。

索菲亚对我敢回嘴大为吃惊，她好半天没动嘴吃东西。

撒谎，哈波说。

有点道理，索菲亚说。

大家都看着她，好像他们都很奇怪她居然坐在那儿。她说话有气无力，好像是死人在坟墓里说话。

你们都是一帮混账孩子，我说，你们把我搞得好苦。你们的爸连狗屁都不如。

某某先生凑过身子来揍我。我用餐刀扎他的手。

荡妇，他说，你跑到孟菲斯去，好像你没有一家人要照料，旁人会怎么说闲话？

莎格说，艾伯特，你想问题要有点脑子。我真不明白女人干吗要在乎别人怎么想。

哦，格雷迪说，他想把话挑明。要是别人讲闲话，这个女人就找不到丈夫。

莎格看看我，我们嘻嘻地笑了起来。后来我们哈哈大笑。吱吱叫也笑了。索菲亚也笑了。我们笑了又笑。

莎格说，他们真有两下子吧？我们说，嗯，嗯，边说边拍桌子，抹眼泪。哈波看看吱吱叫。住嘴，吱吱叫！他说，女人笑男人是会带来坏运气的。

她说，好吧。她坐直身子，使劲屏住气，使劲想绷住脸不笑。

他看看索菲亚。她看看他，冲着他哈哈大笑。我已经运气不好了，她说，我的坏运气够我笑一辈子的。

哈波杀气腾腾地望着她，神情跟那天晚上她打倒玛丽·阿格纽斯一样。桌上空气紧张得快冒火星了。

我跟这个疯女人居然生了六个孩子，他咕哝了一句。

五个，她说。

他没有想到她会来这一手，一时连"你说什么？"都说不出来。

他望望最小的孩子。她成天生闷气，小心眼，老淘气，而且倔得不像样子。可他最喜欢她。她叫亨莉埃塔。

亨莉埃塔，他说。

她说，是是……她学着收音机里的讲话口气答应他。

她的话总使他不知所措。没什么,他说。可接着他又说,去给我倒杯凉水。

她不去。

请给我倒杯水,他说。

她倒了水来,放在他的盘子边上,飞快地在他脸上吻了一下,说了声,可怜的爸爸,又回到自己的座位坐下。

我的钱你一分也别想要,某某先生对我说,我一文不给。

我向你要过钱吗?我说。我从来没跟你要过东西。我从来没要你这个可怜虫跟我结婚。

莎格这时插嘴了。等一等,她说,别吵了。还有别人要跟我们一起走的,用不着让西丽一个人受这么大压力。

差不多人人都回头看索菲亚。他们不知道该怎么安置索菲亚。她是个陌生人了。

不是我,索菲亚说。她的神情好像在说,去你妈的,你们居然敢有这种想法。她伸手拿起一块饼干,屁股往后挪了一下,好像要坐得更稳,扎下根来。你只要看一眼这个壮实的、灰白头发的、眼神狂乱的大个子女人,你不用问便明白了。什么都不必说了。

为了让你们大家早点心中有数,索菲亚说,我已经待在家里了。就这样。

她的姐姐奥德莎走过来搂住她。杰克把椅子拉得更靠近她。

你当然已经待在家里了,杰克说。

妈妈哭了吗?索菲亚的一个孩子问。

索菲亚小姐也哭了,另一个说。

但索菲亚马上收住眼泪,她干什么事情都麻利。

谁要走?她问。

没人吭声。房间里静得连针掉在地上都听得见。你还听得见炭火落了下来,烧尽了。

末了,吱吱叫抬头看了大家一眼。我,她说,我要到北方去。

你上哪儿去?哈波问。他太吃惊了。他结结巴巴,语无伦次,跟他爸一样。他连说话的嗓门都变了。

我要唱歌,吱吱叫说。

唱歌!哈波说。

对,吱吱叫说,唱歌。自从生了裘兰莎以后,我还没有公开唱过歌。她的大名叫裘兰莎。但大家叫她苏齐蔻。

从裘兰莎生下来以后,你就用不着卖唱。你要什么我都给你买的。

我要唱歌,吱吱叫说。

听着,吱吱叫,哈波说,你不能去孟菲斯。你就死了这条心吧。

我叫玛丽·阿格纽斯,吱吱叫说。

吱吱叫,玛丽·阿格纽斯,这两个名字有什么区别?

区别大着呢,吱吱叫说。如果我是玛丽·阿格纽斯,我就可以公开演唱。

这时候有人轻轻敲了一下门。

奥德莎和杰克互相看了一眼。进来,杰克说。

一个瘦瘦的、小个子白女人走进门来。

喔，你们都在吃饭，她说，真对不起。

没关系，奥德莎说，我们快吃完了。不过还有不少饭。你要不要坐下跟我们一起吃一点？要不我给你做一点你在门廊里吃？

天哪，莎格说。

来的人是埃莉诺·简，索菲亚以前侍候的白人姑娘。

她东张西望，找到了索菲亚，她好像松了一口气。不啦，谢谢你，奥德莎，她说，我不饿。我是来找索菲亚的。

索菲亚，她说，我能跟你在门廊里说几句话吗？

可以，埃莉诺小姐，她说着推开椅子站起身。她们走到外边门廊里去。过了一会儿，我们听见埃莉诺小姐抽噎起来。又过了一会儿，她哇哇地哭了起来。

她怎么了？某某先生问。

亨莉埃塔拉长了嗓门，像电台里的人那样说，出问——题——啦。

奥德莎耸耸肩膀说，她总是碍手碍脚的。

这家人太好喝酒，杰克说。他们没办法让那个宝贝儿子好好念大学。他酗酒，惹妹妹生气，追女人，打黑人，还干了不少坏事。

这些就够了，莎格说，可怜的索菲亚。

索菲亚很快回屋坐下。

什么事？奥德莎问。

那边家里一团糟，索菲亚说。

你得回那儿去？奥德莎问。

是啊，索菲亚说，我过一会儿就得走。不过我争取在孩子们睡觉以前赶回来。

亨莉埃塔说她不想吃了。她肚子疼。

吱吱叫和哈波的小女儿走过来，仰起头望着索菲亚说，索菲亚小姐，你得走吗？

索菲亚把她抱起来放在腿上。是啊，她说，索菲亚刚被假释。她得表现好一些。

苏齐蔻把脑袋靠在索菲亚的胸口上。可怜的索菲亚，她学着刚才莎格说话的口气，可怜的索菲亚。

玛丽·阿格纽斯，亲爱的，哈波说，你瞧苏齐蔻多么喜欢索菲亚。

是啊，吱吱叫说，小孩一眼就看出谁好谁坏。她和索菲亚脸对着脸笑了起来。

去演唱吧，索菲亚说，你没回来以前我来照顾这孩子。

你肯吗？吱吱叫说。

当然，索菲亚说。

还要照看哈波，吱吱叫说。请你务必照料好他，太太。

阿门！

亲爱的耐蒂：

唉，你知道哪儿有男人，哪儿就有麻烦。我们去孟菲斯的路上，汽车里好像到处都是格雷迪。不管我们怎样调换位置，他总要坐在吱吱叫旁边。

我和莎格睡觉、他开车的时候，他就给吱吱叫讲田纳西州北孟菲斯的情况。他谈到那儿的夜总会，谈衣服式样和四十九种牌子的啤酒，说得天花乱坠，我简直没法睡觉。他大谈特谈各种喝的饮料，害得我直想小便。我们只好找条路开到树丛里去小便。

某某先生装得好像对我的走满不在乎。

你会回来的，他说，北方没有你这样没用的人可待的地方。莎格有才能，他说，她可以唱歌。她有胆量，他说，她对谁都敢讲话。莎格长得漂亮，他说，她有办法站出来吸引大家的注意。可你有什么？你又丑又瘦。要身材没身材。你胆子太小，见人都不敢开口。你在孟菲斯只能给莎格当使唤丫头。给她倒尿盆，也许还可以给她做饭。不过你做饭的本事也不大。我第一个老婆死了以后，这幢房子一直没收拾得干净过，你并不会管家。没有人会糊涂到跟你结婚的。你能干什么？给人当雇工种地？他哈哈大笑。也许有人会用你，让你在铁路上干活。

还有信来吗？我问。

他说，什么？

别装聋作哑了。你明明听见了。耐蒂还有信来吗？

如果有的话，他说，我才不给你呢。你们俩是一路货色。男人待你们好一点，你们就不识抬举了。

我咒你，我说。

什么意思？他问。

我说，你要是待我不好，你碰过的每样东西都马上粉身碎骨。

他哈哈大笑。你别以为你很了不起，他说，你谁都咒不死的。瞧你那模样。你是个黑人，你很穷，你长得难看，你是个女人。他妈的，他说，你一钱不值。

你待我不好的话，我说，你的一切梦想都会失败。话一到我嘴里，我就直截了当地说给他听。我的话好像是从树林里来的，源源不断。

谁听见过有这样的事，某某先生说，也许我揍你揍得还不够。

你打我一下就要加倍受报应，我说。后来我又说，你还是别说话的好。我对你说的话都不是我想出来的，好像我一张嘴，空气冲进我嘴里就变成话了。

放屁，他说，我该把你关起来，只在干活的时候把你放出来。

你打算关我的监狱便是你死后烂掉的地方，我说。

莎格走过来。她一看我的脸色便喊了一声，西丽！她转脸对某某先生说，别说了，艾伯特。别多说了。对你没有好处，你会更难堪的。

看我不收拾她,某某先生说着向我冲了过来。

门廊里扬起一片灰尘,像魔鬼似的在我俩中间飞舞,我满嘴都是土。那土的意思是说,你怎样对待我,我就怎样对待你。

我觉得莎格在使劲摇晃我。西丽,她说。我这才清醒过来。

我穷,我是个黑人,我也许长得难看,还不会做饭,有一个声音在对想听的万物说,不过我就在这里。

阿门!莎格说。阿门,阿门!

亲爱的耐蒂：

在孟菲斯过日子是什么滋味？莎格的房子很大，粉红色的，有点像乡下的牲口棚。不过在我们堆干草的地方，她那儿是卧室、厕所，还有一间大舞厅，她和乐队有时就在舞厅里排练。她房子周围还有一大片地，前面有几块纪念碑和一处喷泉。她还有一些我从来没听说过，也从来没打算见到的人的雕像。她还有一大堆大象和乌龟，到处都有，有的大，有的小，有的在喷泉水池里，有的在树底下。乌龟和大象。房间里也有。窗帘上是大象，床罩上是乌龟。

莎格给我在房子后半边安排了一间大卧室，从卧室里可以看到后院和小河边上的树丛。

我知道你离不开早晨的太阳，她说。

她的房间就在我的对面，在背阴的一边。她工作到深夜，睡得很晚，起床也很晚。她卧室的家具上没有大象和乌龟，不过沿墙有几个雕像。她床上铺的盖的都是丝绸，连床单都是。她的床是圆的！

我本来想盖一幢圆的房子，莎格说，不过大家都认为圆房子太落后了。他们说，圆房子里没法设窗户。可我还是拟了几张草图。总有一天……她给我看她画的图样。

图上是座粉红色的、又大又圆的房子，有点像果子。房子上有窗户，有门，周围还有好多树。

这是用什么造的？我问。

用泥巴,她说,不过混凝土也可以。我看每一部分都可以造个模子,把水泥浇进去,等它凝固以后把模子敲掉,再把各部分粘在一起,房子就造好了。

唔,我还是喜欢你现在的房子,我说。画里的这幢看上去有点小。

我现在的房子其实并不差,莎格说。不过我觉得住在一幢方房子里有点别扭。要是我这个人长得也是方方正正的话,也许我会更喜欢一些,她说。

我们聊了很多关于房子的事情。房子是怎么盖起来的,用什么样的木料。还谈了怎么利用房子的外围,让它也变得有用起来。我在床边坐了下来,在她的水泥圆房子外面画了一圈像木头裙子①的东西。你可以在上面坐坐,我说,要是你在屋里待腻了的话。

对啊,她说,上面还要有凉棚。她拿起笔在木头裙子上加了凉棚。

这儿放花盆,她说着又画了几个花盆。

里面长着天竺葵,我也添上几笔。

这儿放几座石像,她说。

这里得有两个乌龟。

我们怎么知道你也住在这儿?她问。

画几只鸭子!我说。

---

① 指房子外墙装饰性的护墙。西丽是以艺术眼光对此加以形容,用"木头裙子"作比喻。

等我们画完了，这房子好像又会游水，又会飞。

没有人像莎格那样做饭。

她一大清早就起床去菜场。她只买新鲜的东西。她回家坐在后门台阶上哼着歌剥豆、择菜、洗鱼或者收拾她买来的其他东西。接着她打开收音机，把所有的锅都一起放到灶上。一点钟左右全做好了，她叫我们吃饭。有火腿、蔬菜、鸡、玉米面包、小肠、蚕豆、腌肉、咸菜、西瓜、焦糖蛋糕和黑莓排。

我们吃了又吃，还喝一点点甜酒和啤酒。

吃完以后，莎格和我就到她房间去听音乐，好让肚子里的东西慢慢消化。她的房间挺凉快，挺幽暗。她的床软绵绵的，舒服极了。我们于是躺下。有时候莎格大声读报。报上的新闻都有些疯疯癫癫的。人们大惊小怪，又吵又打，指指点点说别人不好，从来不寻求和睦。

这些人精神不正常，莎格说，都跟疯子似的。疯子办的事长不了。你听我念，她说。他们在这里筑了一道水坝，想放水淹死自古以来一直在那儿居住的印第安人部落。瞧瞧这条新闻，他们在拍一部电影，讲的是一个男人把女人都杀了。扮杀人凶手的人却又扮演牧师。瞧瞧他们现在做的什么鞋，她说。你穿一双走一里地试试看，她说。准保让你一痛一拐地回家。你再看看他们怎么处理那个把一对中国夫妇打死的人。他们什么都不管。

是啊，我说，不过还是有些让人高兴的事吧。

对，莎格说着翻过一页。汉密尔桓·胡佛尔梅耶先生和太太十分高兴地宣布他们的女儿琼·苏即将举行婚礼。安多佛路的莫里斯一家积极带头为圣公会教堂组织联欢会。赫伯特·艾登菲尔太太上周去阿迪朗达克探望生病的母亲,前齐奥弗莱·荷德太太。

这些面孔看上去都挺快活的,莎格说。脸盘挺大挺结实的。眼睛明亮纯真,好像他们不知道天下有第一版上登的那些坏家伙。不过他们是同一类人,她说。

没过多久,她做完一顿好饭菜,嚷嚷一通要好好打扫房间,莎格就重新工作。这就是说她再不考虑她吃什么。从来不想一想她住在哪儿。她外出演唱,一去就是几个星期,回来的时候,累得连眼睛都睁不开,嘴巴有臭味,人发胖,浑身油乎乎的。她在路上难得有地方好好歇一歇,洗一洗,尤其没法洗头发。

让我跟你一起去,我说,我可以给你熨衣服,做头发。就像从前一样,你在哈波酒馆演唱的时候那样。

她说,不行。她在一群陌生人面前,一大堆白人面前表演,好像永远不会厌烦的,不过她没有勇气在我面前表演。

而且,她说,你不是我的用人。我不是把你带到孟菲斯来侍候我的。我把你带来是要爱你,帮你站起来做人。

她又外出演唱了,走了有两个星期,剩下我和格雷迪还有吱吱叫在房子里乱转,想振作起来多少干点事。吱吱叫去过好些夜总会,格雷迪一直陪着她。他好像还在房后种点地。

我坐在餐厅里做裤子,做了一条又一条。我做了各种颜色、各种尺寸的裤子。从我们在家里开始做裤子以后,我就没停过手。我换着用各种布料，挑各种印花花样，改腰身的尺寸，改口袋的式样，改各种滚边，改裤腿的肥瘦。我做的裤子多极了，莎格拿我逗乐。我真没想到我出的主意引出这样的结果，她笑着说。她的椅子上搭满了裤子，瓷器橱前挂满了裤子。桌子上、地板上到处都是报纸裁的纸样和布料。她回家来，吻吻我，小心地跨过乱七八糟的东西。嗨，她走之前说，你看你这个星期得要多少钱？

有一天，我做了一条十全十美的裤子。当然是给我的甜甜做的。裤子料子是藏蓝色的轻软的平针织物，上面有一小点一小点的红色。不过这裤子穿在身上非常舒服。莎格在巡回演出的路上会吃一大堆乱七八糟的东西，还要喝酒，身子会发胖。所以这条裤子做得既能放又不走样子。她要把衣服打包装箱，最怕把衣服弄皱了；这条裤子又轻柔，又不容易起皱，布料上的小图案总显得挺精神、挺活泼的。裤脚管比较大，她可以穿着演唱，把它当长裙子穿。还有，莎格穿上这条裤子，漂亮得能把你的魂都勾了去。

西丽小姐，她说，你真了不起。

我低下头。她在房子里到处走，到处照镜子。不管她怎么照，她总是很漂亮。

她对着格雷迪和吱吱叫吹嘘她的裤子。我没事干了，你知道这是什么滋味吧。我坐着琢磨我该怎么谋生，不知不觉地我又开始做起裤子来。

这时候吱吱叫看中了一条她喜欢的裤子。哎呀，西丽小姐，她说，能不能让我试试这条裤子？

她穿上一条颜色跟太阳下山时的色彩差不多的裤子。橘黄色带小灰点。她穿上走出屋来，看上去漂亮得很。格雷迪望着她，神情好像要把她一口吞下去。

莎格摸摸到处挂着的各种布料。它们都是又轻柔又平滑，色彩华丽，富有光泽。这跟我们当初用的硬邦邦的破军服大不一样了，她说，你该专门做一条裤子送给杰克表示感谢。

她真不该说这句话。过了一个星期，我就大店小店走进走出，花了莎格不少钱。我坐在那儿望着庭院那一边，拼命想象杰克的裤子应该是个什么样。杰克个子挺高，心很好，不大爱讲话。他挺喜欢孩子，尊重他的妻子奥德莎和奥德莎的高头大马似的姐妹。不管她想干什么，他都在场帮忙，可从来不多说话。这是最主要的特点。我还记得他有一次碰了我一下，他的手指头好像长着眼睛。他好像对我浑身上下都很了解，其实他只不过拍拍我靠近肩膀的胳膊。

我开始给杰克缝长裤。裤子得是驼色的。料子要又软又结实。口袋要大，他可以装好多孩子们用的东西。弹子绳头啊，钢翎儿石块啊。这条裤子还得好洗，裤腿要比莎格的收得紧一些，让他去抢救孩子的时候跑起来利落一些。还要让他能很方便地搂着奥德莎躺在火炉前面。还要……

我想了又想，琢磨了又琢磨。又裁又缝，总算做好了，寄走了。

我马上听说，奥德莎也要一条。

后来莎格还要两条跟头一条一模一样的裤子。再后来她的演出队里人人都要几条。这以后,莎格去演唱过的地方都来订货。我很快就有做不完的活儿了。

有一天莎格回家来,我对她说,你知道,我喜欢做裤子,可我总得出去挣钱养活自己啊。这些活有点碍我的事了。

她笑了。我们在报上登几个广告吧,她说。我们再把你的工钱提高一点。咱们干脆放手干起来,把这间餐厅做你的工厂,再找几个女人来裁裁缝缝,而你就坐着设计式样。这下你就可以挣钱了,西丽,她说。姑娘,你干起来就会成功的。

耐蒂,我要给你做几条在炎热的非洲穿的裤子。又轻又薄的白裤子。裤腰用松紧带。你从此不会觉得太热、穿得太厚了。我打算用手缝。针针线线都是我对你的爱。

阿门!

姐姐西丽
田纳西州孟菲斯
甜甜·艾弗里大道
大众裤子非有限公司[①]

---

① 原文为 unlimited,此处为"有限公司"的戏仿。——编者注

亲爱的耐蒂：

我真高兴。我有了爱，有了工作，有了钱，有了朋友，有了时间。你还活着，又快回家了。跟我们的孩子一起回来。杰琳和达琳来帮我做买卖。她们是双胞胎，从来没结过婚。她们很喜欢做裁缝。还有，达琳一心教我说话。她说俺们不那么好听，会让我露馅，让别人知道我是个乡巴佬。你说俺们的时候，大多数人用我们，她说，大家会把你当傻瓜的。黑人会觉得你是个乡下佬，白人会觉得可笑。

我管这些干吗？我问。我高兴就行了。

可她说我要是像她那样说话的话，我会觉得更高兴。我心想，只有跟你团聚才能使我更快活。但我没说出口。我一开口说话她就纠正我，一直纠正到我改口为止。我很快就发现我不会想问题了。我的脑子里会冒出个想法，一时糊涂了，这想法有时候又没有了，好像僵住了。

你肯定这么改是值得的？我问。

她说对，给我抱来一大堆书。上面画的都是白人，在谈论苹果和狗。我干吗要理睬这些狗啊猫的？我心想。

达琳不死心。你要是受点教育，莎格该会多高兴，她说。她再也不会不好意思带着你到各地走走了。

莎格现在也不会不好意思的，我说。可她不相信我说的是实话。有一天莎格回来了，她对莎格说，甜甜，要是西丽说话符合语法，你是不是觉得这是件大好事？

莎格说，她用聋哑人的手势语讲话我都不在乎。她泡了一大杯药茶，谈起她的头发又脏又油。

我还是让达琳为我操心。有时候我想到苹果和狗，有时候我不去想这一套。在我看来，只有傻瓜才要你用你觉得别扭的方法讲话。可她很讨人喜欢，针线活又好，况且我们干活的时候，有点争吵调剂调剂也蛮好。

我现在忙着给索菲亚做裤子。一条裤腿是紫颜色，还有一条是红的。我想象索菲亚穿上这条裤子会是个什么模样，总有一天她要上九天揽月去的。

阿门！

你的姐姐西丽

亲爱的耐蒂：

我朝哈波和索菲亚的房子走过去，就跟从前一样。只不过房子是新盖的，在酒吧间前边，比从前的那一幢要大得多。还有，我的感觉不一样了。我的外表也不一样。我穿了一条深蓝色的裤子，一件白绸衬衣，显得很正派。我走过某某先生的房子，他坐在门廊里，他根本没认出来我是谁。

我正抬手要敲门，忽然听见一声巨响，好像椅子翻倒了。接着我听见了争吵声。

哈波说，谁听说过有女人抬灵柩的，我不过就想说这么一句话。

好了，索菲亚说，你已经说了，现在你可以闭嘴了。

我知道她是你的母亲，哈波说，可是……

你到底帮不帮忙？索菲亚说。

这成什么体统？哈波说，三个又高又大的女人抬灵柩，她们应该待在家煎鸡块。

我们还有三个兄弟抬另一边，索菲亚说，我想他们看起来像田里干活的庄稼人。

可是大伙儿都习惯让男人干这种事，他说。女人体质弱一些，他说。大家都认为女人弱一点，反正大伙都说女人比较弱。女人不应该认真。你可以哭，但什么也不要去管。

什么也别管！索菲亚说。这个女人去世了。我可以又哭，又不伤心过头，同时又抬棺材。不管你肯不肯帮我们搬椅子，做饭菜，招待事后来家的亲戚朋友，反正我就是这个打算。

屋里突然十分安静。过了一阵子，哈波轻声轻气地对索菲亚说，你怎么会是这种样子的，呢？你干吗总是非要按你的主意办事？你在监狱的时候，我有一次问过你妈妈。

她怎么说？索菲亚问。

她说你觉得你的主意不比别人差。而且，这是你的主意。

索菲亚哈哈大笑。

我知道我来得不是时候，可我还是敲了门。

啊，是西丽小姐，索菲亚打开纱门大声喊了起来。你气色真好。她气色真好，对吗，哈波？哈波瞪大眼睛望着我，好像他从来没见过我。

索菲亚使劲搂着我，亲了一下我的下巴颏。莎格小姐呢？她问。

她巡回演出去了，我说。她听说你妈妈去世很难受。

是啊，索菲亚说，我妈妈一生都在战斗。如果世上有天福荣光的话，她准在其中。

你怎么样，哈波？我问，还老吃东西吗？

他和索菲亚都笑了。

我看玛丽·阿格纽斯这次不会回家来，索菲亚说，她一个来月以前刚回来过。你真该看看她和苏齐蔻的亲热劲儿。

她不会来的，我说，她总算有了固定工作，在城里两三家夜总会演唱。大伙儿都很喜欢她。

苏齐蔻真为她骄傲，她说。她喜欢听她唱歌。喜欢她的香水。喜欢她的衣服。还喜欢戴她的帽子，穿她的鞋。

她在学校里功课好吗？我问。

哦，她学得不坏，索菲亚说，机灵着哪。她不生她妈的气了，她发现我是亨莉埃塔真正的母亲以后，她什么问题都没有了。她对亨莉埃塔喜欢极了。

亨莉埃塔怎么样呢？我问。

坏透了，索菲亚说。小脸老挂着，像要刮风的天气一样。不过，也许她长大会好的。她爸爸活了四十年才学会怎么讨人喜欢。他以前待他妈也不好。

你还老见得着他吗？我问。

跟玛丽·阿格纽斯一样，不大见得着，索菲亚说。

玛丽·阿格纽斯可大不一样了，哈波说。

你这是什么意思？我问。

我不知道，他说。她心神不定，说起话来像喝醉了酒一样。她转个身都好像要找格雷迪。

他们俩都抽好些大麻，我说。

大麻，哈波说，那是什么东西。

让你觉得好受的东西，我说，让你看见幻象的东西，让你热情奔放、洋溢爱意的东西。不过你要是抽得太多了，你的脑子就会不管用，会一片糊涂，老得揪住一个人。格雷迪在后院种了不少，我说。

我从来没听说过这种东西，索菲亚说，它是在地里长的？

像野草一样，我说，格雷迪种了半英亩。

长得有多大？哈波问。

很大，我说，比我要高一个头。长得挺密的。

他们用哪一部分当烟抽？

用叶子，我说。

他们把半英亩的叶子全抽了？他问。

我笑了起来。不是的，大部分都卖了。

你抽过吗？他问。

抽过，我说，他把它们卷成香烟，卖一角钱一根。这玩意儿抽了以后口臭。你们俩想来一根吗？

要是会让我们变傻的话，我可不抽，索菲亚说。不当傻子这日子就已经够受的了。

它跟威士忌酒一样，我说，你得比它高一招。你知道，偶尔喝一点酒对谁都没坏处。可要是你没有它就干不了活，那你就麻烦了。

你抽得多吗，西丽小姐？哈波问。

我像傻瓜吗？我问。我要跟上帝谈话的时候就抽大麻。我想做爱的时候就抽。最近我觉得我和上帝不管怎么样都能做爱。不管我抽了大麻没有。

西丽小姐！索菲亚吃惊极了。

姑娘，我受到祝福，我对索菲亚说，上帝明白我的意思的。

我们围着厨房的桌子坐了下来，点上一支大麻。我告诉他们怎么吸。哈波憋得透不过气。索菲亚也呛着了。

过不多久，索菲亚说，真奇怪，我以前从来没听见过这种嗡嗡声。

什么嗡嗡声？哈波问。

你好好听啊，她说。

我们屏住呼吸，使劲地听。果然，我们听见了，呃唔唔……

这声音是从哪儿来的？索菲亚问。她起身走到门口，向外张望。外边没东西。可声音更响了。呃……

哈波走到窗口向外张望。外边什么都没有，他说。可嗡嗡声还响着，呃唔唔……

我知道这是什么了，我说。

他们说，是什么？

我说，什么都是，它就是一切。

对啊，他们说。这话很有道理。

瞧，哈波说，彪形大汉似的女将们来了。

她的兄弟也来了，我悄悄地说。你叫他们什么呢？

我不知道，他说。他们三个永远支持他们的疯姐妹。什么办法都没用，他们绝不动摇。我真不知道他们的老婆怎么受得了的。

他们大步走进来，震得教堂直摇晃，他们把索菲亚的母亲停放在布道坛前面。

大伙儿哭哭啼啼，扇着扇子，不时转眼去看看孩子们，但他们不看索菲亚和她的姐妹们。他们装得满不在乎，好像女人向来就抬灵柩的。我真喜欢这些乡亲们。

阿门！

亲爱的耐蒂：

我一看见某某先生就发现他真干净。他的皮肤很有光泽。他的头发梳得整整齐齐。

他走近灵柩瞻仰索菲亚母亲的遗体，他停下脚步对她悄悄地说了几句话。还拍拍她的肩膀。他走回座位时看我一眼。我举起扇子，转过脸去看另一边。

葬礼以后，我们回到哈波的家。

我想你是不会相信的，西丽小姐，索菲亚说，可是某某先生好像努力信起教来。

像他那样的大坏蛋，我说，他最多只能努力信教罢了。

他倒不去教堂做礼拜什么的，不过，对他不好随便下结论了。他现在干活可真卖力气。

什么？我说，某某先生肯干活！

他确实很卖力气。太阳刚出来他就下地，一直要干到太阳下山才收工。他像女人一样把房子收拾得干干净净。

他还做饭呢，哈波说，还有，他吃完了还自己洗碗盏。

瞎说，我说，你们俩一定让那大麻弄糊涂了。

可他不大说话，也不大跟人来往，索菲亚说。

你们说的让我觉得你们都疯了，我说。

就在这个时候，某某先生走了进来。

你好吗，西丽，他说。

好，我说。我和他互相望着，我看得出来他怕我。哼，好极了,我想,也让他尝尝我从前怕他的滋味吧。

这一趟莎格没和你一起来吗?他说。

没有,我说,她得工作。不过,索菲亚妈妈去世了,她挺难过。

随便谁都会难受的,他说,这个女人把索菲亚带到人间,她确实带来一样好东西。

我没有说什么。

他们把她的后事办得很好,他说。

确实不错,我说。

她儿孙一大群,他说。啊,十二个孩子,都忙着生儿育女,光她们一家人就把教堂挤得满满的。

是啊,我说。这是实话。

你要在这儿待多久?他问。

也许一个星期,我说。

你知道吗,哈波和索菲亚的小女孩病得很厉害,他说。

不知道,我说。我指指人堆里的亨莉埃塔。她不就在那儿,我说,她看上去挺好的。

是啊,她看上去挺好的,他说,不过她得了一种血液病,隔一阵子她的血就会在血管里凝结起来,她就病得不行。我看她活不长久,他说。

天啊,我说。

是啊,他说。这对索菲亚真是件揪心的事。她还得照顾她从小带大的白人姑娘。现在她妈妈又死了。她的身体也不那么壮实了。而且，亨莉埃塔不管有病没病都很难对付。

唉，她是有点麻烦，我说。我突然想起耐蒂在一封信里说起过她们那个地方小孩生的一种病，好像也是血液凝固的毛病。我拼命回想她信里说的非洲人治这种病的办法，可我想不起来。我真没想到会跟某某先生说话，我什么都想不起来了。连我该说些什么都想不出来。

某某先生望着他家的房子，等着我说话。好半天他才说了声"晚安"，便离去了。

索菲亚说，我走了以后，某某先生过了一段很糟糕的日子。他关起门窗躲在屋里，屋子都发臭了。他不许人进去，后来哈波只好硬把门撞开。他打扫屋子，买了粮食，给他爸爸洗了澡。某某先生虚弱极了，没有力气反抗，而且他已经把一切都置之度外。

他睡不着觉，她说。夜里他老听见门外有蝙蝠拍门。烟囱里有东西直响①。可最糟糕的是他听得见他的心跳个不停。白天一切都好，一到夜里，他的心就狂跳起来。跳得响极了，房子都震得嗡嗡响，像打鼓似的。

好些个夜里哈波去跟他爸爸一起睡，索菲亚说。某某先生总是缩成一团，睡在床边上。眼睛死死盯着一件件家具，看它们是不是会向着他倒下来。你知道他个子矮小，索菲亚说，而哈波又高又结实。有一天夜里我上那儿去告诉哈波一件事——

---

① 在西方蝙蝠是恶兆。迷信的说法是疾病从烟囱里走进屋。

我发现他们俩躺在床上睡得死死的。哈波把他爸爸搂在怀里。

从那以后,我才又对哈波产生感情,索菲亚说。没过多久,我们就盖起新房子。她笑了起来。我说过没有,这一切都挺容易挺轻松的?我要是说了的话,上帝让我自己去割荆条当鞭子。

他怎么振作起来的?我问。

哦,她说,哈波让他把你妹妹其余的几封信都寄给了你。从那以后,他就好起来了。你知道,心眼太坏会害了自己的,她说。

阿门!

最最亲爱的西丽:

我现在真希望我回到家里,能看着你的脸说,西丽,这真是你吗?我努力想象岁月使你长胖、给你增添皱纹以后的你的模样——还有你头发的发式。我本来身体结实而瘦小,现在我已经挺胖了。头发也开始花白。

可是塞缪尔说,他喜欢我这个花白头发的、胖乎乎的小老太太。

你吃惊吗?

去年秋天我们在英国结的婚。我们到英国去,想从教会和传教士协会那里为奥林卡争取些救济。

奥林卡人一直尽量不去理会那条路和新来的白人筑路一事。但他们终于得面对这个现实,因为施工人员干的第一件事就是通知当地人必须搬迁到别处去。施工人员要把村子所在地当橡胶种植园的指挥部。方圆几十里地之内，只有这块地方常年有新鲜的雨水。

奥林卡人和他们的传教士虽然大声抗议，但仍然被赶到一块一年只有六个月有雨水的贫瘠土地上。没水的时候，他们必须向种植园主买水。雨季的时候，那里有条河，他们在附近岩石上凿洞筑蓄水池。他们用施工人员带来的、用完扔掉的油桶贮水。

但是最可怕的是屋顶树叶的遭遇。我一定给你写信说过，这儿的人拿屋顶树叶当上帝来崇拜，他们用屋顶树叶做草房的屋顶。唉，种植园主在这块贫瘠的土地上盖起工棚大院。一栋给男人住，一栋给女人和孩子们。因为奥林卡人发誓他们不住不用他们的上帝当屋顶的房子，所以建筑工人造了工房但没加屋顶。然后他把奥林卡村庄和周围几十英里的土地彻底翻了个个儿。把劫后残存的每一棵屋顶叶子树都挖掉了。

我们在炎日下熬了好几个星期，有一天早晨，一辆大卡车开进我们住的大院，卡车的响声把我们吵醒了。卡车上装满了波纹铁皮。

西丽，我们得花钱买铁皮！这一下奥林卡人微薄的积蓄花光了，塞缪尔和我辛辛苦苦攒起来打算回家以后供孩子们上学的积蓄也花得差不多了。科琳死后，我们年年都打算回国，但总因我们越来越关心奥林卡的各种问题而不得脱身。西丽，波纹铁皮实在难看。他们想办法用这种冰冷的、硬邦邦的、亮晶晶的、难看极了的铁皮盖屋顶的时候，女人们哀声痛哭，她们的哭声震天，从洞穴似的墙壁内一直传到几英里以外，整个上空响彻她们伤心的哀号。这一天，奥林卡人终于承认他们暂时失败了。

奥林卡不再向我们提出任何要求，他们只要我们教孩子们念书——他们看出来我们和我们的上帝都无能为力。塞缪尔和我决定要为最近发生的暴行采取些措施，尽管很多我们交往较多、比较知心的人已经逃跑去投奔母布雷人。母布雷人又叫森林人，他们住在丛林深处，不肯为白人工作，也不受白人统治。

于是，我们带着孩子去英国。

这真是一次神妙的旅行，西丽，不仅因为我们已经几乎忘记外边世界是怎么回事，忘记还有轮船啊、煤火啊、街灯啊、麦片啊这类东西，而且还因为和我们同船的有许多年以前就听说的那个白人女传教士。她现在退休不做传教工作，要回英国去住了。她带着一个非洲小男孩，她给我介绍说是她的孙子！

当然大家不可能不注意一个年迈的白人妇女带着一个黑人小孩。全船的人都在窃窃私语。她和孩子天天在甲板上散步，他们走过白人身边时，白人们马上停止说笑，不再出声。

她是个会自得其乐的、身板结实的蓝眼睛女人，银灰色的头发有些像干草。下巴颏挺短，说起话来像是在咕噜。

有一天晚上吃饭的时候，我们正好和她坐同一张桌子。她告诉我们，我快六十五岁了，大半辈子是在热带过的。可是，她说，一场大战快要发生了①，比我离家时他们打的那场战争规模还要大。英国人的日子不好过了，不过我想我们会熬过来的。我错过了上一次战争，她说，这次，我要亲身在场领略一番。

塞缪尔和我从来没想过战争的问题。

啊呀，她说，非洲到处都有要打仗的迹象。我猜印度也一样。先造条路一直通到你储存货物的地方。再把你的树砍了造船，造船常用的家具。接着在你的土地上建起你不能吃的东西。最后强迫你在里面干活。非洲到处都是这种情况，她说，我想缅甸大概也是一样。

可哈罗德和我决定离开那儿，是吗，哈里？她边问边给小男孩一块饼干。小男孩一言不发，只是慢慢地若有所思地嚼他的饼干。亚当和奥莉维亚带他去看救生船。

多丽丝——这个女人的名字叫多丽丝·贝恩斯——身世挺有意思。不过我不想多说免得你厌烦，因为我们听到后来都腻烦了。

她生在英国一个望门贵族的家庭，她父亲是位爵士之类的人物。他们一年到头不是举行舞会就是出席舞会，可这些舞会都极无聊。她想写书。她家里反对。全都反对。他们希望她结婚。

我结婚！她拉长着声调说。（她的想法真是怪极了。）

他们想方设法说服我，她说，你们简直难以想象他们用了些什么法子。我这一辈子从来没像我在十九、二十岁的时候见

---

① 指第二次世界大战，下一句指的是第一次世界大战。

到过那么多喝牛奶长大的年轻人。而且一个比一个更乏味。还能有什么比上流社会的英国人更乏味呢?她说,他们让你想起毫无滋味的蘑菇。

船长现在安排我们和她在同一张桌子上就餐。我们不知道在一起吃了多少顿饭,她总是滔滔不绝地说个没完。她说,一天晚上她正梳洗打扮准备参加又一个枯燥乏味的晚会的时候,她突然想到要当传教士。她躺在澡盆里,心想修道院都要比她住的宫堡强。在修道院里,她可以想问题,她可以写作。她可以自己做主。不过,当了修女,她不可能自己当领导,自己做主。圣母,修道院院长,等等等等,才是领导。啊,当个传教士就不一样了!到了遥远的印度的荒无人烟的地方,单身一人!这简直是进了天堂。

于是她努力地培养自己对那些未开化的人的兴趣。她骗了她的父母。骗了传教士协会。她掌握语言的本领和速度给他们留下极好的印象,他们派她去非洲(最最糟糕的运气!),她在非洲开始写小说,关于天下一切内容的小说。

我的笔名叫贾雷德·亨特。我在英国和美国都是一举成名,有钱又有名,是个古怪的、成天打猎的隐士。

过了几个晚上,她又接着给我们讲。嘿嘿,你们大概认为我不太去管那些未开化的人吧?我不觉得他们有什么不对头的地方。而他们好像也挺喜欢我。我确实帮了他们不少忙。我到底是个作家啊,我为他们写了大量的作品:描写他们的文化、他们的风俗习惯、他们的需要,等等。如果你想赚钱的话,你会发现写作是件大好事，好得能让你吃惊。我学会流利准确地说当地人的语言。为了摆脱总部那些好管闲事的人的纠缠，我很多报告都是用当地的语言写的。在我从传教士协会和我家有钱的老朋友那里搞到一些钱以前，我花了我家银库里近一百万英镑。我盖了一所医院，建了一所中学，又造了一所大学。还有一个游泳池——这是我允许自己享受的唯一的奢侈品，因为在河里游泳的话会挨水蛭咬。

在去英国的途中，一天吃早饭的时候，她说，你不会相信那儿有多太平。一年之内，我和那些野蛮人各得其所，一切都安排得好极了。我一见面就告诉他们，他们的灵魂问题跟我无关，我要写书，我不希望有人来打搅我。我愿意花钱买这种乐趣，而且出手很大方。

有一天，我想也许是出于对我的感谢——毫无疑问，他不知道还有什么别的办法——酋长忽然送我两个老婆。我想他们大家不相信我是女人。他们一直疑疑惑惑不知道我是什么人。总之是这么回事。我想尽办法教育这两个姑娘。当然，送她们去英国，学医学和农业。欢迎她们学成归来，把她们嫁给两个老在我身边的年轻人，从此当了她们的孩子的姥姥，过上我这辈子最快活的日子。她满面笑容地对我们说，我得说我是个好极了好极了的姥姥。这是从阿基维人那里学来的。他们从来不揍孩子，从来不把他们锁在草房的另一角。孩子到了青春期时，要给他们行割礼。不过哈里的母亲是大夫，她要改变这一切。是吗，哈罗德？

总之,她说,等我到了英国,我要制止他们的入侵。我要告诉他们应该如何处理他们的那些混账道路、混账的橡胶种植园、那帮混账的晒得黝黑可还是叫人厌烦的英国种植园主和工程师。我是个很有钱的女人,阿基维村是我的财产。

我们经常是安静而尊敬地倾听她滔滔不绝地谈论这一切。两个孩子很喜欢小哈罗德,尽管他在我们面前从来不说一句话。他好像很喜欢他的姥姥,对她的一举一动都习以为常。但她的啰唆和唠叨使他变得寡言少语、严肃认真、观察敏锐。

他可跟我们很不一样,亚当说。亚当很喜欢孩子,只要半个小时,他就能跟任何孩子打成一片。亚当爱开玩笑,他会唱歌,他会逗乐,他还会很多游戏。他几乎成天乐呵呵、笑眯眯的——他还有一口结实的、非洲式的好牙。

写到他的笑容我才想起来,旅途中他一直闷闷不乐。他对一切都有兴趣,也好激动,不过除了跟小哈罗德玩玩,他不大笑眯眯的了。

我得问问奥莉维亚出了什么事儿。她对回英国一事也很激动。她母亲以前常给她讲英国人村子里的茅屋,还拿它们跟奥林卡人用屋顶树叶盖的茅屋相比。不过,英国人的是方的,比较像我们的教堂和学校,不大像我们的家,她说。奥莉维亚听了觉得很奇怪。

我们到达英国的时候,塞缪尔和我向我们教会的英国分部的一位主教报告奥林卡人所受的委屈。这位主教年纪不大,戴副眼镜,坐在那儿翻弄一摞塞缪尔写的年度报告。他一字不提奥林卡，只是一味追问科琳去世多久了，我为什么没在她死后立即返回美国。

我实在不明白他想说些什么。

面子啊，某某小姐，他说，面子啊。当地人该怎么想呢？

想什么？我问。

得了，得了，他说。

我们像兄妹一样相处，塞缪尔说。

主教冷笑了一声。他真的冷冷一笑。

我觉得脸上直发烧。

算了，这样的情景还多着呢，可我何必说给你听，让你一起不好受？你知道，天下就有那么一种人，而这位主教就是这样的人。塞缪尔和我没有谈奥林卡问题就告辞了。

塞缪尔气极了，气得我都害怕了。他说如果我们还想在非洲待下去的话，只有一个办法：投奔母布雷人，并且鼓励所有的奥林卡人都这么做。

要是他们不想去怎么办？我问。他们中间很多人太老了，不能再迁回森林里去生活了。还有很多人有病。女人有小娃娃。还有些年轻人想要自行车和英国衣服，还想要镜子啊、饭锅啊这类东西。他们要给白人干活，好得到这些东西。

东西！他厌恶地说，该死的东西！

算了，我们反正要在这儿待一个月，我说，让我们好好利用这段时间吧。

我们把很多钱花在买铁皮和船票上，我们在英国得精打细算地过日子。但这一个月对我们来说是段快乐的日子。科琳不在了，我们开始觉得我们是一家人了。街上跟我们搭话的人总说（如果他们说话的话）孩子们真像我们俩。孩子们觉得这种说法很自然，他们开始自己出去，到他们感兴趣的地方去，把他们的父亲和我留了下来，享受更为安静、更为庄重的乐趣，其中之一便是聊天。

塞缪尔当然是在北方出生的，生在纽约，在纽约长大上学。他是通过一位姑姑认识科琳的。这位姑姑当过传教士，跟科琳的姨妈一起去比属刚果。塞缪尔常常陪他的姑姑阿尔西娅到亚特兰大去看科琳的姨妈西奥多西亚。

这两位女士一起经历过不少千奇百怪的事情，塞缪尔笑着说。她们受到过狮子的袭击，象群的践踏，给雨淹过，"土人"还跟她们打过仗。她们讲的故事都叫人难以相信。她们坐在蒙着套子的马鬃做的沙发里，两个打扮得整整齐齐的、穿着有花边有褶裥衣服的神态端庄的老太太，一边喝茶一边讲这些了不起的故事。

科琳和我都是十来岁的孩子，我们老想把这些故事编成连环漫画。我们还起了各种名字，像"*吊床上的三个月：黑色大陆的坐骨痛*"，或"*非洲地图：土著对神圣世界不敬重的指南*"。

我们拿她们开玩笑，但她们的冒险经历把我们迷住了，我们全神贯注听她们讲故事。她们外表真稳重，真高尚。你简直不能想象她们真的在丛林里盖过学校，而且还是亲手盖的。她们还跟鳄鱼搏斗过，还对付过不友好的非洲人。非洲人认为，既然她们穿的裙子后边有两个像翅膀的东西，她们就应该会飞。

丛林？科琳会偷偷对我一笑，我也会对她偷偷一笑。当我们安静地喝茶时，一听到"丛林"这两个字就会兴奋起来。她们当然不知道她们很可笑，而对我们来说，她们非常可笑。而且当时流行的对非洲的看法更使我们觉得她们可乐。非洲人不仅是野蛮人，他们还是结结巴巴的、无能的野蛮人，挺像他们在国内的那些结结巴巴的、无能的兄弟。不过我们即使不是煞费苦心，也总是小心翼翼地避免这样比较和联想。

科琳的母亲是位恪尽职责的贤妻良母，她并不喜欢她那热衷于冒险活动的妹妹，但她从来不阻拦科琳去姨妈家。等科琳到了岁数，她就送她去西奥多西亚姨妈念过书的斯班尔曼神学院上学。这是一所极有意义的学院，由两位从新英格兰来的、好穿同样衣服的白人传教士创办的。最初，学校设在教堂的地下室，不久迁到部队的军营。末了，这两位夫人从美国一些大富翁那里弄到一大笔钱，学校开始发展起来。盖了楼房，种了树木。姑娘们什么都学：阅读、写作、算术、缝纫、清洁工作、烹饪等。但是最主要的课目是教她们为上帝服务，为黑人社会服务。她们学校的格言是全校为耶稣。但我总认为她们私下的格言是我们的集体遍布全世界，因为只要年轻的姑娘一读完斯班尔曼神学院，她就会到世界任何一个角落干起她能为民众干的任何一样工作。这种情况真令人吃惊。这些彬彬有礼、仪态大方的年轻女子，她们中有些人在来神学院之前还从来没有走出过她们土生土长的小乡镇，却能毫不迟疑地打起背包就去印度、非洲、东方，也可以去费城、纽约。

在学校成立以前大约六十年，住在佐治亚州的彻洛基印第安部族被迫离开家园，徒步穿过雪地到俄克拉荷马的定居营地。三分之一的人在路途中死亡。但很多人不肯离开佐治亚。他们冒充黑人躲了起来，最后和我们同化了。这种混血人的后裔很多居住在斯班尔曼。有些人记得他们的祖先是谁，但大部分人不记得了。如果他们想寻找祖宗的话（他们难得会想到印第安人，因为周围没有印第安人），他们总以为，他们的皮肤是黄颜色或棕红色完全是因为他们的祖先是白人而不是印第安人。

连科琳都这么认为，他说。我总觉得她有印第安人的气质。她非常安静，好沉思。如果她知道周围的人不尊重她或她的精神的话，她会马上消失，仿佛她并不存在，消失的速度之快叫人吃惊。

我们来到英国以后，塞缪尔谈起科琳来好像不很难受了。我听的时候也不那么难受了。

这一切看来实在荒唐，他说，我已经年近花甲，但我帮助民众的梦想却仍然是个梦想。要是科琳和我还是当年的孩子的话，我们会好好取笑一番。《西部傻瓜的二十年岁月，又名嘴巴与屋顶树叶病：论在热带地区劳而无益的事情》，等等等等。我们彻底失败了。我们跟阿尔西娅和西奥多西亚一样可笑。我猜科琳的病是由于她意识到失败而引起的。她比我直觉灵敏。她了解别人的本事比我大得多。她以前常说，奥林卡人怨恨我们，但我不肯承认。可你是知道的，他们确实对我们很不满。

不是的，我说，其实不是怨恨。实在是对我们很不在乎。有时我觉得，我对他们来说，就像叮在大象身上的一只苍蝇。

我记得有一次，在科琳跟我结婚以前，塞缪尔接着说，西奥多西亚姨妈举行家庭招待会。她每星期四都举行家庭招待会。她邀请一大群她称为"严肃的年轻人"的客人。其中之一是位年轻的、哈佛大学的学者，叫爱德华。我记得他好像姓杜博伊斯。总之，西奥多西亚姨妈又讲起她在非洲的冒险经历，正谈到比利时的利奥波德国王给她发勋章的事情。那个爱德华——也许他叫比尔——是个极无耐心的人。他的眼神、他的一举一动都说明他性子急躁。他总是乱动。西奥多西亚讲到她如何又惊又喜地接受这枚勋章——这是表彰她在国王殖民地内堪称典范的传教活动——这时，杜博伊斯的脚开始飞快地、拼命地跺起地板来。科琳和我紧张地相望着。这个人显然已经听过这个故事，不打算再听第二遍了。

等西奥多西亚姨妈讲完故事、拿出勋章向全场炫耀时，他说，太太，您知道吗，利奥波德国王把种植园监工认为没有完成种橡胶定额的工人的手都砍掉了。太太，您不应该这样珍爱这枚勋章，您应该把它看成是您无意之中和这位暴君发生同谋关系的证明。这位暴君累死了、残害了、消灭了成千上万的非洲人。

这下子，塞缪尔说，全场一片安静，好像遭到雷击。可怜的西奥多西亚姨妈！我们大家心里都希望由于干了工作而得到赞扬，得到勋章。但非洲人是肯定不会发勋章的，有没有传教士他们无所谓。

别这么怨气冲天，我说。

我怎么能不怨气冲天呢？他说。

非洲人从来没请我们去，你是知道的。如果我们觉得不受人欢迎，也用不着怪罪他们。

实际情况比不受欢迎还要糟糕，塞缪尔说。非洲人根本不把我们放在眼里。他们并没有认识到我们是被他们卖掉的兄弟姐妹。

唉，塞缪尔，我说，别这样。

你知道，他哭了起来。啊，耐蒂，他说，这是问题的核心，你不明白吗？我们爱他们。我们想方设法向他们表示我们爱他们，但他们排斥我们。他们从来不要听我们谈起我们受过的苦难。如果他们听了的话，他们就说些糊涂话。你们为什么不讲我们的语言？他们问。你怎么不记得从前的做法？在美国人人都开汽车，你为什么在那儿会不快乐？

西丽，我觉得我这时候该把他搂在怀里。我真的这么做了。长期以来埋葬在我心头的话语涌上嘴边。我抚摸着他亲爱的脑袋和面孔，我叫他亲爱的，心上人。我担心，亲爱的，亲爱的西丽，我们心心相印，很快就无法控制激情了。

我希望你听到我们举止孟浪的消息时不会过分吃惊并对我做出过分严厉的评价。尤其因为我要告诉你这是天大的欢乐。我在塞缪尔的怀抱里欣喜万分，不能自制。

你也许猜到了，我一直在爱他，但我并不知道。啊，我爱戴他,把他视若兄长,我尊敬他,因为他是我的朋友。但是西丽,我现在爱他的肉体,因为他是个男人!我爱他走路的样子,他的体形,他身上的气息,他鬈曲缠结的头发;我爱他手掌上的纹路,他嘴唇内侧粉红的色泽;我爱他的大鼻子;我爱他的眉毛;我爱他的双脚。我还爱他那可爱的眼睛,因为从他的眼睛可以一目了然地看到他脆弱和美丽的灵魂。

孩子们马上发现我们身上的变化。亲爱的,我们一定是容光焕发,喜气洋洋。

我们两人相亲相爱难舍难分,塞缪尔搂着我对他们说,我们打算结婚。

但是结婚以前,我说,我得告诉你们一些有关我的生活、有关科琳和另外一个人的情况。于是我把你的事情告诉了他们。我还谈到他们的母亲科琳曾经多么爱他们。还向他们说明我是他们的姨妈。

那你的姐姐,那另外一个女人现在在哪儿?奥莉维亚问我。

我尽我所知讲了你和某某先生的婚事。

亚当马上着急起来。他有一颗十分敏感的心,他能从只言片语中听出弦外之音。

我们很快就要回美国去,塞缪尔安慰他说,我们回去后会去打听她的情况的。

孩子们参加了我们在伦敦一家教堂里举行的简单的结婚仪式。当天夜里,喝过喜酒以后,我们打算上床睡觉的时候,奥莉维亚告诉了我她弟弟的烦恼。他想念塔希。

可他又非常生她的气,她说。我们出来的时候,她正打算文面。

啊呀,那怎么行,我说。太危险了。她要是感染了怎么办?

是啊,奥莉维亚说,我告诉她无论在美国还是在欧洲,没有人会割掉自己身上的皮肉。何况她要这么做的话,也应该在十一岁那年做。现在她年纪太大,不合适了。

唉,有些男人是做割礼的,我说,不过那只是去掉一点点皮。

塔希很高兴欧洲人和美国人不举行成年仪式,奥莉维亚说,这使她更加看重这种仪式。

我明白了,我说。

她和亚当大吵一架。跟从前哪一次斗嘴吵架都不一样。他没有逗她,没有在村子里到处追她,也没有在她的头发上绑屋顶树叶的枝丫。他气得要揍她。

哦,幸好他没有动手,我说。要不然塔希会把他的脑袋往地毯织机上撞的。

我真想回家,奥莉维亚说。不光是亚当一个人想塔希。

她吻了我和她父亲,向我们道过晚安便出去了。过了一会儿,亚当也来向我们道晚安。

耐蒂妈妈,他挨着我坐在床边上问我,你怎么才知道你真正爱上了一个人。

有时候你并不知道,我说。

他是个英俊的年轻人,西丽。高高的个子,肩膀很宽,嗓音低沉,略带沉思。我告诉过你他会写诗吗?还爱唱歌?他是个值得你引以为骄傲的儿子。

爱你的妹妹耐蒂

你的妹夫塞缪尔顺致问候。

最最亲爱的西丽:

　　我们回到家里,村里的人好像都很高兴。可我们告诉他们,我们向教会和传教士协会的申请失败了,他们大为失望。他们真的把笑容和汗水一起从脸上抹掉,垂头丧气地回工房去了。我们回到那栋既是教堂又是学校,还是我们的家的房子把行李打开。

　　孩子们……我知道我不该叫他们孩子了,他们已经长大了。他们去寻找塔希,过了一个小时才回来,两人都不知所措。他们找不到塔希的踪迹。他们听说,塔希的母亲凯萨琳在离大院不远的地方种橡胶树,可是那天没人见到过塔希。

　　奥莉维亚非常失望。亚当努力装得若无其事,但我发现他心不在焉地直啃手指甲旁的皮。

　　两天以后他们才明白,塔希故意躲了起来。她的朋友说,我们走了以后,她接受了文面仪式和女孩成年的宗教仪式。亚当听到这个消息,脸色煞白。奥莉维亚也十分震惊,更想找到她。

　　直到星期天我们才见到塔希。她瘦了很多,没精打采,目光呆滞,疲惫不堪。她的双颊上部整齐地划了六个口子,脸还肿着。她向着亚当伸出手来,但亚当不肯跟她握手。他看看她的伤痕，转过身子，走了。

她和奥莉维亚紧紧拥抱。但她们默不作声，心事重重。完全不像我想的那样又叫又嚷，咯咯地笑个不停。

不幸的是，塔希为她脸上的伤痕感到羞耻，她很少抬起头来。她一定也很疼，因为伤口红肿，好像发炎了。

但村里人就是这样对待年轻姑娘甚至男人的。把伤痕作为种族的标志留在孩子们的脸上。孩子们认为文面的做法很落后，是从爷爷那一辈传下来的老做法，他们常常抵制这一套。因此文面常常是用武力，手段骇人听闻。我们提供消炎粉和棉花，还安排一个地方让孩子哭上一通，我们还能护理他们。

亚当天天催我们离开这儿回家去。他不像我们。他受不了这儿的生活。我们的周围连一棵树都没有了，只有大大小小的岩石和石块。他的伙伴们逃走的越来越多了。当然，真正的理由是他对塔希又爱又恨，这种矛盾心情折磨得他受不了了。塔希，我想，已经开始认识到自己错误的严重性。

塞缪尔和我真是非常幸福，西丽。而且非常感激上帝！我们还在为幼孩办一所学校。八岁以上的孩子已经都去地里干活了。为了付房租、缴土地税、买水、买柴、买粮食，人人都得干活。于是，我们教幼孩上课，哄娃娃，照看老人和病号，侍候坐月子的母亲。我们比从前更忙碌了，英国一游已成梦境。但万事都充满光明，富有希望，因为有爱我的人和我分担一切。

　　　　　　　　　　　　　你的妹妹耐蒂

亲爱的耐蒂：

我们以为是我们爸爸的那个人死了。

你怎么还叫他爸爸？前两天莎格问我。

现在改口叫他阿方索已经太晚了。我从来不记得妈妈叫过他的名字。她总是说，你们的爸爸。我想也许是为了让我们相信他是我们的亲爹。总之，他那孩子似的老婆黛西在半夜里给我打来一个电话。

西丽小姐，她说，我有个坏消息，阿方索死了。

谁？我问。

阿方索，她说，你的后爹。

他怎么死的？我以为是给人杀了，或者给卡车压了，雷劈了，要不然就是长年生病的结果。可是她说，不是，他是在睡觉的时候死的。嗯，还没完全睡着时死的，她说。我们两人在床上一起躺了一会儿，你知道，我们睡以前在一起待了一会儿。

唔，我说，我向你深表同情。

是啊，太太，她说，我本以为这幢房子也是我的，但看来它是你跟你耐蒂妹妹两人的。

你说什么？我问。

你的后爹死了有一个星期了，她说。昨天我们进城去听律师宣读遗嘱，我当时大吃一惊，差点没晕过去。这块地、房子和店铺是你亲爸爸的财产。他留给了你妈妈。她死了以后传给你和你的妹妹耐蒂。我不知道为什么阿方索从来没告诉过你。

哼，我说，这个人传下来的东西，我一样都不要。

我听见黛西倒抽了一口气。你的耐蒂妹妹怎么样？她问。你认为她的想法会跟你一样？

这时候我稍微清醒一些。等莎格翻过身子问我谁来的电话的时候，我已经开始明白过来。

别做傻瓜了，莎格用脚推推我说。你现在自己有房子了，是你的爸爸妈妈留给你的。你后爹那个坏家伙不过是刮进屋子的一股臭气。

可我从来没有过房子，我说。一想到我有房子了，我就慌张得不行。何况，我到手的这所房子比莎格的还要大，周围的地还要多，而且还有一爿店。

天哪，我对莎格说。我和耐蒂还有一爿布店。我们能卖些什么呀？

卖裤子怎么样？她说。

于是我们挂上电话，赶紧张罗着回家看房产。

我们来到离城大约一英里地方的黑人坟地入口处。莎格睡着了，但不知怎么的，我觉得我应该开车进去看看。走不多久我就看到一个像小型摩天大楼的东西。我停下车，走上前去看。果然，上面刻着阿方索的名字，还有好多别的东西，各种协会的会员啊，当地首要的商人和农场主啊，诚实的丈夫、正直的父亲啊，对待穷人和无依无靠的人热心慷慨啊，等等。他死了两个星期了，可他的坟上还摆满了鲜花。

莎格走下汽车，站到我身旁。

后来她打了个哈欠,伸伸懒腰。这个王八蛋还是死了,她说。

黛西装得很高兴和我们相会,其实她并不开心。她有两个孩子,而且好像又怀孕了。不过她有不少好衣服,还有一辆汽车,阿方索把钱都留给了她。我想,她跟他过日子的时候,一定把家里的人都安排得好极了。

她说,西丽,你记得的那所房子拆掉了,阿方索盖了现在这一栋。他找了个亚特兰大的建筑师来设计的,这些瓷砖都是从纽约运来的。她说这话时,我们正在厨房里。他到处都用瓷砖,不管是厨房、厕所还是后门廊;前后客厅的火炉周围也都铺着瓷砖。不过这房子和这块地皮以及这一切都交给你了,她说。当然我把家具拿走了,因为这套家具是阿方索专门为我买的。

行啊,我说。我自己有房子了,我简直高兴极了。黛西交出钥匙走了以后,我马上挨个房间地跑了一圈,好像疯了一样。瞧这个,我对莎格说,瞧那个!她笑眯眯地瞧着我。只要一有机会,只要我站着不动,她就紧紧地搂住我。

你不错,西丽小姐,她说。天知道你住在哪儿。

她从包里取出几根松树枝,点着了,递给我一根。我们从屋顶的阁楼开始,一路用烟熏到地下室,把邪气赶出屋子,保佑这幢房子无灾无难。

耐蒂啊,我们有房子了!一所大房子,足够我们俩、我们的孩子、你的丈夫和莎格住的。现在你可以回家了,因为你有家可归了!

爱你的姐姐西丽

亲爱的耐蒂:

我的心碎了。

莎格爱上别人了。

也许,如果去年夏天我住在孟菲斯的话,这件事情就不会发生。可我一个夏天都在收拾房子。我想你也许很快就会回来,我要把房子收拾好。现在我们的房子又漂亮又舒服。我找了一位好心的大妈住在里面照看房子。我回到莎格家。

西丽小姐,她说,你想不想吃顿中国饭来庆祝你回家?

我一向喜欢吃中国饭。于是我们就去了一家餐馆。我久别归家,兴奋极了,一点没注意到莎格很紧张。她一向是个很有风度的大个子女人,即使她生气的时候也总是仪态大方。但我发现她不会使筷子了。她把水杯打翻了。不知怎么的,她的油煎蛋皮肉卷也散了。

我以为这是因为她看见我太高兴了的缘故。于是为了她我摆出大方的样子,吃了一大堆馄饨和炒饭。

末了,侍者送上签饼[①],我最喜欢签饼了。它们真是小巧可爱。我马上念起我的小条。上面说,因为你就是你,所以你的未来幸福光明。

我笑了。把纸条递给莎格,她看了也微笑了一下。我觉得心地平和,与世无争。

[①] 在美国的中国餐馆里,主菜以后送上的一种小甜点心,里面有一张小纸条,上写预测运气的格言或幽默套语。

莎格慢吞吞地抽出她的纸条,好像很怕知道上面写的内容。

好吗?我看她读了半天便问道。上面说什么?

她低头看看纸条,又抬头看看我。她说,上面说,我爱上了一个十九岁的男孩。

让我看看,我哈哈大笑着说。我大声读了起来。上面说,一朝被蛇咬,十年怕井绳。

我一直想告诉你,莎格说。

告诉我什么?我糊涂极了,始终没有听出她话里有话。因为我很久没有想过男孩的问题,而且我还从来不想要男人。

去年,莎格说,我雇了个新人做乐队队员。我差点没要他,因为他只会吹长笛。谁听说过用长笛演奏布鲁斯①的?我从来没听说过。这种想法太荒唐了。可我的运气真好,因为布鲁斯音乐就缺长笛,我一听杰曼演奏就知道是那么回事。

杰曼?我问。

对啊,她说,杰曼。我不知道谁给他起了这么个轻飘飘的名字。不过这名字和他挺相称。

接着她没完没了地夸奖起这个年轻人。好像他的一切优点我都非常想知道。

啊,她说,他个子很小。他很可爱。一头漂亮的鬈发。你知道吗,真正非洲人的鬈发。她一向有什么事都对我说,因此,她打开话匣子滔滔不绝地说了起来,越说越兴奋,越来越显得

---

① 一种感伤而缓慢的美国黑人歌曲。

沉醉在爱情里。她谈完他那双美丽的、会跳舞的小脚以后,又回过头来讲他浅褐色的鬈发。我的心里可真是不好受。

别说了,我说。别往下说了。莎格,你在要我的命啊。

她赞美他的话才说了一半便停住了。她眼泪汪汪,哭丧着脸。上帝啊,西丽,她说,我真抱歉。我一直想把这件事说给一个人听,我从来有什么事都告诉你的。

好了,我说,要是话能伤人的话,我早就进了救护车了。

她两手捂住脸哭了起来。西丽,她用手捂着嘴说,我还是爱你的。

我只是坐着望着她。我吃下去的馄饨好像变成了冰块。

你干吗要这样心烦意乱的?我们到家以后她问我。你好像对格雷迪满不在乎,而他是我的丈夫。

格雷迪从来不会使你眉飞色舞,我心想。但我没有说出来。我神情恍惚,都不知道自己是在哪儿了。

当然,她说,格雷迪太没意思了,老天。你谈完女人,抽完大麻,你也就跟格雷迪吹了。就这样,她说。

我没有作声。

她勉强笑了笑。他去追玛丽·阿格纽斯的时候,我高兴得都不知该怎么好,她说。我不知道谁教他房事的,恐怕一定是个家具推销员。

我没有作声。我只看到寂静、冷漠、空虚。

你注意到了吗,他们两人离开这儿去巴拿马时,我没掉一滴眼泪。不过这倒是真的,她说,他们现在在巴拿马不知混得怎么样。

可怜的玛丽·阿格纽斯,我心想。谁会猜到又老又呆的格雷迪结果会在巴拿马开起大麻农场来?

当然他们有的是钱,莎格说,从玛丽·阿格纽斯的信里看来,她比那儿所有的人都穿得好。至少格雷迪让她唱歌,她还记得的一两首歌。可是啊,她说,巴拿马,它到底在哪儿?是在古巴周围吗?我们应该去古巴,西丽小姐,你说是吗?那儿赌博很流行,还有不少可玩的。有很多黑人长得像玛丽·阿格纽斯。也有不少人皮肤真黑,像我们一样。不过大家都是一家人。你要想冒充白人的话,马上有人说出你奶奶是谁。

我没有作声。我祈祷上帝让我快死,我可以从此不用讲话了。

好吧,莎格说,这一切都是你回家的时候发生的。我想你,西丽。你知道我是个性格奔放的女人。

我去拿了一张我剪纸样的纸来。我给她写了个纸条。上面说,别说了。

可是西丽,她说,我得让你明白呀。你瞧,她说,我老了,我发胖了,除了你以外,没人觉得我长得漂亮。因此我想,他才十九岁,还是个娃娃,这种情谊又能维持多久?

他是个男人,我在纸上写道。

对,她说,他是个男人。我知道你对男人的看法。可我没有你那种看法。我绝不会傻得拿他们当真,她说,不过和有些男人在一起可以很开心。

饶了我吧,我写道。

西丽,她说,我只要你给我六个月的时间。只要六个月,让我最后放纵一次。我得过过瘾,西丽。我是个软弱的女人,受不了这种引诱。不过,你要是给我六个月的话,西丽,我一定使我们俩的生活还跟从前一样。

不大可能了,我写道。

西丽,她说,你爱我吗?她跪了下来,满脸都是眼泪。我心疼得难以忍受。我这么难受,心怎么还在跳?不过我是个女人。我爱你,我说。不管出了什么事,不管你干了什么,我始终爱你。

她呜呜地哭了起来,把脑袋靠在我的椅子上。谢谢你,她说。

但我不能住在这儿了,我说。

西丽,她说,你怎么能离开我呢?你是我的朋友。我爱这个孩子,但我又怕得要死。他的年纪比我小一半还多。个子也比我小一大半。连肤色也比我浅得多。她努力想笑没笑得起来。你知道他将来要伤我的心的,比我伤你的心还要厉害。请你千万不要离开我。

这时候,门铃响了。莎格擦掉眼泪去开门,看到来的人是谁便站在门外。过不多久,我听见一辆汽车开走了。我上楼去睡觉。可直到今天晚上我一直睡不着。

为我祈祷吧。

你的姐姐西丽

亲爱的耐蒂：

　　唯一使我能活下去的事情是看着亨莉埃塔为她的生命而斗争。老天爷，她可真会斗争。每次她的病一发作，她就哭天喊地，能叫得把死人都吵醒。我们正在照你说的非洲人的办法做。我们天天给她吃甘薯。我们真叫走运，她不喜欢吃甘薯，而且她很不客气地让我们明白这一点。周围的人都想方设法端来没有甘薯味的甘薯。我们收到一盘盘的甘薯鸡蛋、甘薯小肠、甘薯羊肉，还有汤。乡亲们简直是除了皮鞋面子以外什么东西都用来做汤，拼命想办法去掉甘薯味。可亨莉埃塔还是说她吃出甘薯味了，想把什么吃食都扔出窗外。我们告诉她，过不了多久她可以连续三个月不吃甘薯。她说这一天好像不会来了。现在，她的关节都肿着，她烧得烫手，她说她的脑袋里面好像有许多小白人在用锤子敲打。

　　有时候我去看亨莉埃塔时会遇到某某先生。他挖空心思想出各种办法做没有甘薯味的甘薯菜。比如说，他有一次把甘薯拌在花生酱里。我们和哈波及索菲亚围着火炉坐着，玩几手惠斯特[①]，让苏齐蔻和亨莉埃塔听收音机。有时候某某先生开车把我送回家。他还住在原来的小房子里。他住久了，房子都像他了。门廊上总是有两把直背椅子，靠墙放着。门廊栏杆上放着花盆。不过房子老是粉刷得雪白干净。你猜猜他现在喜欢什么，

---

① 一种类似桥牌的纸牌游戏。

在收集什么东西？他收集贝壳，各种各样的贝壳。龟鳖壳、蜗牛壳，还有各种各样海里的贝壳。

事实上，就是这些贝壳让我又走进了他的屋子。他正在告诉索菲亚他新近弄到一个贝壳，如果你把耳朵贴在贝壳上面，便会听见很响的海涛声。我们都到他家去看这个贝壳。贝壳又大又重，上面还有花纹，像只小鸡。的确，你好似听见海浪似的声音在冲击你的耳膜。我们大家谁都没见过海洋，但某某先生从书本里知道海洋是怎么回事。他还根据书来订购贝壳，他屋子里到处都是贝壳。

你看他的贝壳时，他不大说话，可他小心翼翼地捧着它们，好像每一个都是新到的宝贝。

莎格有过一个贝壳，他说，还是很久以前，我们刚认识的时候。一个雪白的大贝壳，像把扇子。她还喜欢贝壳吗？他问。

不啦，我说，她现在喜欢大象了。

他把贝壳一一放回原处。过了一阵子，他又问，你有什么东西特别喜欢的吗？

我爱鸟，我说。

你知道吗，他说，我过去老觉得你像只鸟，好久以前，你刚来我这儿住的时候。你真是瘦小，天哪，他说，出了一点点小事情，你就吓得跟小鸟一样，像是要飞走似的。

你看出这一点了吗？我说。

我看出了，他说，不过我是个大傻瓜，根本没往心里去。

不过，我说，我们还是活下来了。

你知道吗，你和我还是夫妻呢，他说。

不是，我说，我们从来就不是夫妻。

你知道，他说，你去了孟菲斯以后，气色真是好多了。

是啊，我说，莎格对我照顾得真好。

你在那儿怎么挣钱过日子的？他说。

靠做裤子，我说。

他说，我发现家里差不多人人都穿你做的裤子。你是说你用这个做买卖？

对，我说，不过我是在你家开始做裤子的，当初是为了可以因此不来杀你。

他低下头去看地板。

莎格帮我一起做了第一条裤子，我说。接着，我像个傻瓜似的哭了起来。

他说，西丽，跟我说实话，你不喜欢我，是不是因为我是个男人？

我擤擤鼻子。对我来说，我说道，男人脱掉裤子都像青蛙。不管你怎么亲他们吻他们，在我看来，他们始终是青蛙。

我明白了，他说。

我回到家里情绪坏透了，什么事都干不了，只好睡觉。我拿起给怀孕妇女新裁的裤子想缝上几针，但一想到有人怀孕，我就要哭。

你的姐姐西丽

亲爱的耐蒂：

　　某某先生亲手递给我的唯一一份邮件是美国国防部打来的电报。电报上说，你跟你的孩子、你的丈夫离开非洲时乘的船，在一个叫直布罗陀的海面附近给德国水雷击沉了。他们认为你们都淹死了。同一天，这么些年来我写给你的信都原封不动地退了回来。

　　我一个人坐在这栋大屋子里想静下心来做针线活。但是做针线活有什么用呢？做随便什么事情又有什么意思呢？活着看来真是个可怕的累赘。

你的姐姐西丽

最最亲爱的西丽：

　　塔希和她的母亲逃走了，她们投奔母布雷人去了。昨天塞缪尔和我还有孩子们讨论了这件事，我们发现我们根本不能肯定母布雷人确实存在。我们只知道，这些人据说生活在丛林深处，他们欢迎逃到那里去的人，他们骚扰白人的种植园，策划着要毁灭白人——至少要使白人离开他们的非洲大陆。

　　亚当和奥莉维亚伤心极了，因为他们爱塔希，想她想得厉害，也因为去投奔母布雷的人没有一个回来过。我们在住地周围给他们很多活干。因为今年生疟疾的人特别多，他们要做的事情真不少。种植园主犁掉了奥林卡人的甘薯地,用罐头、奶粉一类的东西代替甘薯,结果破坏了奥林卡人对疟疾的免疫力。当然他们并不了解这一点,他们只要土地来种橡胶。不过奥林卡人千百年来一直靠吃甘薯来预防疟疾,控制慢性血液病的。没有足够的甘薯,这里的人——留下来为数不多的人——就会生病,死亡的速度实在叫人震惊。

老实说,我为我们的健康,尤其为孩子们担心。但是塞缪尔觉得我们也许会平安无事,因为我们刚来的几年里发过几次疟疾。

你的近况如何,最最亲爱的姐姐,我们彼此分离不通音讯已经快要三十年了。谁知道呢,也许你已经死了。我们回家的日期越来越近了,亚当和奥莉维亚问我无数个关于你的问题,我没有几个能回答得上来。有时候我告诉他们,塔希很像你。在他们看来,没有比塔希更好的人了。他们听了我的话高兴极了。可是我暗自纳闷,我们再相会的时候,你还会有塔希那样的诚实和坦率的精神吗?这么些年来的生儿育女,加上某某先生的欺凌,会不会已经扼杀了这种精神?我从来不和孩子们谈这些想法,只有对着我的亲爱的终身伴侣塞缪尔,我才吐露我的忧虑。他劝我不要担心,要相信上帝,也要相信我姐姐的灵魂是坚强的。

在非洲住了这么些年,我们心目中的上帝也跟以前不一样了。更有精神,也更属于我们内心了。大多数人认为上帝应该像某样东西或某个人——屋顶树叶或耶稣——但我们不是这样想的。我们不考虑上帝长什么样,我们反而自由了。

我们回到美国以后,一定要好好讨论这个问题,西丽。也许塞缪尔和我会在我们地区建立一所新的教堂,里面没有偶像,我们鼓励每个人的精神直接寻求上帝,直接通话。他相信,如果我们大家都相信的话,有我们的支持,这种做法是可能的。

你能想象吗,我们这里没什么娱乐活动。我们读国内来的报章杂志,跟孩子们玩各种非洲游戏。帮助非洲孩子排练莎士比亚的剧本——亚当演哈姆雷特,朗读他的"生存还是毁灭"的独白总是非常成功。科琳对孩子教育问题有十分明确的看法,把报上宣传的每一本好书都买来放在他们的图书室里。他们知道很多事情,他们不会对美国社会大吃一惊,只有对仇视黑人这一点了解不足,尽管关于这方面的新闻报道还是很明确的。我担心的是他们十分非洲式的独立见解和直言不讳的精神,以及强烈的以自我为中心的思想不能适应国内生活。我们还会很穷,西丽,我们肯定要过很多年才能有自己的家。他们是在这里长大的,他们会怎么对付别人对他们的敌视?我想到他们将回美国去,就觉得他们在美国会显得比在这儿年轻得多,幼稚得多。在这儿,我们最多只要忍受别人的冷淡和一种可以理解的、肤浅的、表面的人与人之间的关系——我和凯萨琳及塔希的关系是个例外。归根结底,奥林卡人知道,我们可以走的,而他们一定要留下。当然,这一切跟肤色没有关系。还有……

最最亲爱的西丽:

  昨天晚上我没有把信写完,因为奥莉维亚来告诉我,亚当不见了。他只可能是去追塔希了。

  为他的安全祈祷吧。

你的妹妹耐蒂

亲爱的耐蒂：

　　有时候我想，莎格从来就没爱过我。我光着身子照镜子，她爱我什么呢？我琢磨着。我的头发又短又打结，我再也不去把它梳直了。从前莎格说过，她喜欢我的短而缠结的头发，不用去把它弄直。我的皮肤很黑。我的鼻子很普通。我的嘴唇也没什么特别的地方。我的身体跟年纪老起来的女人的身体没什么两样。我实在没有什么特别值得人爱的地方。没有浅褐色的鬈发，也不娇小玲珑、讨人喜欢。既不年轻，又不朝气蓬勃。可我的心一定很年轻，充满朝气，我觉得心里的血气旺着呢。
　　我老站在镜子前跟自己讲话。西丽，我说，你的幸福完全是个骗局。你在认识莎格以前从来不知道幸福是什么滋味，你以为你该享点福了，这点幸福就终于没有了。你以为你拥有绿树、整个大地，还有天上的星星，可是莎格走了，幸福抛弃了你。
　　我隔一阵子就会收到一张莎格寄来的明信片。她和杰曼在纽约，在加利福尼亚，去巴拿马看玛丽·阿格纽斯和格雷迪。
　　唯有某某先生好像懂得我的心思。
　　我知道你恨我，因为我把你和耐蒂拆散了，他说，而现在她死了。
　　可我并不恨他，耐蒂。我并不相信你死了。我还觉得你活着，你怎么可能死了？也许，你像上帝一样，变成另一件东西，我得用另一种方式跟你谈话。但是耐蒂，对我来说，你没有死。永远不会死。有时候，我跟自己谈腻了，我就跟你讲话。我甚至还想办法跟孩子们讲话。

某某先生还是不相信我有孩子。你哪来的孩子？他问。

跟我后爹生的，我说。

你是说，他一直就知道是他毁了你吗？

我说，对。

某某先生摇摇头。

他干过很多坏事，我知道你一定很奇怪我现在为什么不恨他了。我不恨他有两个原因。第一，他爱莎格。第二，莎格从前也爱过他。而且，看来他好像要干出一番事业。我指的不是他肯干活、把自己收拾得干干净净、喜欢起上帝等一时高兴做的一些事情。我是说，你现在跟他讲的话，他真的听进去了。有一次，我们聊天的时候，他突然说，西丽，我现在心满意足，我第一次像个正常人那样生活在世界上。我觉得我有了新的生活。

索菲亚和哈波老想把我介绍给别的男人。他们知道我爱莎格，但他们认为女人彼此相爱完全是机会凑巧的结果，随便什么人有机会的话都可能会相爱的。我每次去哈波家，总有一个小个子的保险公司推销员向我大献殷勤。后来某某先生只好来救我。他对那人说，这位太太是我的妻子。那个人夺门而出，无影无踪了。

我们两人坐着喝冷饮，谈论当年和莎格在一起的日子，我们谈她生病来我们家住的情形，她从前常唱的、不太正经的小调。晚上我们在哈波家过得很好。

你那时候就很会做衣服，他说，我还记得你给莎格做过几条挺好看的裙子。

是啊,我说,莎格的身段可以穿裙子。

你还记得吗,有一天晚上索菲亚把玛丽·阿格纽斯的门牙打掉了。

谁能忘得掉?我说。

我们从来不谈索菲亚吃过的苦头。我们笑不起来。况且,索菲亚跟那家人家还有些麻烦事,喏,就是埃莉诺·简小姐。

你们真不知道,索菲亚说,这个姑娘让我受了多少委屈。你们知道的,她家里一出问题她就来找我。可后来,有了好事情她也来找我。她刚抓住她后来结婚的那个男人,就跑来找我。啊,索菲亚,她说,你一定得见见斯坦利·厄尔。我还来不及表态,斯坦利·厄尔已经站在我家前屋了。

你好,索菲亚,他笑眯眯地伸过手来,埃莉诺小姐给我讲了一大堆你的事情。

我不知道她告诉他没有,他们家让我睡在阁楼。我没有打听,我尽量做得礼貌周到,讨人喜欢。亨莉埃塔在后屋把收音机开得很响。我简直得大喊大叫才能让他们听明白我在说什么。他们看墙上挂着的孩子们的照片,说我的儿子们穿了军装真神气。

他们在哪儿打仗?斯坦利·厄尔打听道。

他们就在佐治亚州服役,我说,不过他们很快要出国去。

他问我,他们会驻扎在什么地区,法国,德国,还是太平洋地区?

我不知道这些都是什么地方,所以我说,不知道。他说,他也想去打仗,但他得留在家里经营他爸爸的轧花厂。

不过军队也得穿衣服,他说,如果他们去欧洲打仗的话。他们不去非洲打仗,真太不巧了。他哈哈笑了。埃莉诺·简小姐也跟着微笑起来。亨莉埃塔把收音机的音量拧到最大限度。收音机里在放我不知道的、真正难听的白人音乐。斯坦利打了个响指,噼啪作响,还用他那双大脚的脚后跟打着拍子。他的脑袋很长,头发剪得很短,看上去像是一片绒毛。他的眼睛蓝得发亮,而且他很少眨眼睛。老天爷啊,我心里想。

我其实是索菲亚一手带大的,埃莉诺·简小姐说。当初要是没有她的话,我真不知道我们大家会变成什么样。

是啊,斯坦利·厄尔说,这儿的人都是黑人带大的,所以我们才长得这么好。他对我挤挤眼睛,又对埃莉诺·简小姐说,好了,甜疙瘩,我们该赶快走了。

她蹦了起来,好像有人用针扎了她一下。亨莉埃塔好些了吗?她问。她悄声说,我给她带来一样甘薯做的东西,一点甘薯味都没有,她不会疑心的。她跑出去,从汽车里拿来一个金枪鱼做的菜。

不过,索菲亚说,埃莉诺·简小姐有一样本事,她做的菜总是能把亨莉埃塔蒙过去。这对我可是解决大问题了。当然,我从来不告诉亨莉埃塔这些菜是谁做的。要是说了的话,她马上就会把盘子扔出窗外,要不然,她就会吐,好像这菜让她恶心。

终于有一天,我想,索菲亚和埃莉诺·简小姐不会再来往了。这事跟讨厌埃莉诺·简小姐的亨莉埃塔没关系。完全是埃莉诺·简小姐和她生的那个孩子的缘故。索菲亚不管往哪儿转身，埃莉诺·简小姐总等在那儿，把雷诺兹·斯坦利·厄尔送到她的眼前给她看。他是个又白又胖的小东西，头发很短，好像他打算参加海军似的。

小雷诺兹很可爱，是吗？埃莉诺·简小姐对索菲亚说。爸爸真爱他，她说，真喜欢有个外孙起他的名字，而且长得也很像他。

索菲亚没作声。她正站在那儿烫苏齐蔻和亨莉埃塔的几件衣服。

还真聪明，埃莉诺·简说，爸爸说的，他从来没见过这么聪明的孩子。斯坦利·厄尔的妈妈说，他比斯坦利·厄尔小时候聪明多了。

索菲亚还是不吭气。

埃莉诺·简总算注意到了。有些白人的那种磨劲你是知道的，他们不肯轻易罢休。如果他们想要你说好听话，即使宰了你也要从你嘴里掏出一句来。

索菲亚今天晚上真沉得住气，埃莉诺·简小姐好像在对雷诺兹·斯坦利讲话。他两眼瞪得大大地望着她。

你难道不觉得他很可爱吗？她又问。

他确实很胖，索菲亚边说边把她烫的裙子翻过来。

他很可爱，埃莉诺·简说，他还聪明。她把孩子举了起来，亲亲他的脑门。他摸摸脑袋，说了声，咿。

他是不是你看到过的最聪明的孩子？她问索菲亚。

他的脑袋够大的,索菲亚说。你知道有些人很在乎脑袋的大小。他脑袋上的头发也不多。今年夏天,他肯定会挺凉快的。她把烫好的衣服叠好,放在椅子上。

他就是一个可爱的、聪明的、叫人喜欢的、天真的小男娃娃,埃莉诺·简小姐说。难道你不爱他?她直截了当地问索菲亚。

索菲亚叹了口气,放下烙铁。望着埃莉诺·简小姐和雷诺兹·斯坦利。我和亨莉埃塔一直在房间的另一头玩噼噼啪。亨莉埃塔装得好像屋里没有埃莉诺·简小姐这么个人,可是我们两人都听见索菲亚重重地放下烙铁的声音,那是包含着一大堆旧恨新怨的响声。

不,太太,索菲亚说。我不爱雷诺兹·斯坦利·厄尔。好啦,从他一生下来你就一直在试探我喜欢不喜欢他,现在你总算明白了。

我和亨莉埃塔抬起头来。埃莉诺·简小姐立刻把雷诺兹·斯坦利放到地板上,他爬来爬去,到处碰翻东西。他朝索菲亚烫好的一摞衣服爬过去,把衣服一把拉下来倒在他的脑袋上。索菲亚拎起衣服,重新叠好,手拿烙铁站在熨衣服板前面,就像那种女人,不管手里拿的是什么总像拿着一件武器一样。

埃莉诺·简哭了起来。她一直喜欢索菲亚,对她有感情。如果没有她,索菲亚在她爸爸家是活不下去的。可这又怎么样呢?索菲亚从来不愿住在那儿。从来不想离开自己的亲骨肉。

现在哭也没用了,埃莉诺·简小姐,索菲亚说。我们现在只能笑。瞧瞧他,她说着真笑了起来。他还不会走路呢,可他已经在我家里东翻西摸捣起乱来。是我请他来的吗？他是不是讨人喜欢，我要在乎吗？他长大会怎么对待我？我现在的看法能起作用吗？

你就是因为他长得像爸爸才不喜欢他的，埃莉诺·简小姐说。

你就是因为他长得像爸爸才不喜欢他的，索菲亚学她的话说。我对他什么成见也没有。我不爱他也不恨他。我只是希望他不要总是到处乱钻，把别人的东西弄乱。

总是！总是！埃莉诺·简小姐说。索菲亚啊，他还是个娃娃，还不到一周岁。他只来过这儿五六次。

我觉得他老是在这儿，索菲亚说。

我真不明白，埃莉诺·简小姐说，我认识的别的黑人女人都喜欢孩子。可是你的感情有些不合乎自然。

我喜欢孩子的，索菲亚说，不过所有说喜欢你的孩子的黑人女人都在撒谎。她们跟我一样，并不热爱雷诺兹·斯坦利。不过，要是你那么没教养，当面去问她们的话，你能指望她们说什么？有些黑人对白人怕得要死，他们还说他们喜欢轧花厂呢。

可他不过是个小娃娃呀，埃莉诺·简小姐说，好像这句话能说明一切问题。

你要我怎么办？索菲亚说。我对你有点感情，因为在你们家里，只有你有点人性，待我比较好。不过，反过来说，在你们家里也只有我最关心你。我所能给你的只有好感。对于你的亲人，他们怎么待我，我也怎么待他们。对他，我没什么感情可表示的。

这时候，雷诺兹·斯坦利爬到亨莉埃塔的铺上，好像要去拽她的脚。后来，他啃起她的腿来，亨莉埃塔伸手到窗台上取下一块饼干递给他。

我觉得唯有你才爱我，埃莉诺·简说。妈妈只喜欢少爷，她说，因为他是爸爸真正喜欢的人。

好啦，索菲亚说，你现在有丈夫来爱你了。

他好像只爱那家轧花厂，她说，晚上十点多钟他还在那儿干活。他不干活的时候就跟小伙子们打扑克。我哥哥看见斯坦利的时候要比我多得多。

也许你应该离开他，索菲亚说，你在亚特兰大有亲戚，到他们家里去住住。去找个工作。

埃莉诺·简小姐把头发往后一甩，好像她没听见似的，好像这种说法实在太荒唐了。

我有我的烦恼，索菲亚说，等雷诺兹·斯坦利长大了，他也会是我的一个烦恼。

他不会的，埃莉诺·简说，我是他的妈妈，我不让他待黑人不好。

光凭你，没人支持，你能行吗？索菲亚说。他开口说的第一个字未必是跟你学的。

你是说，我连自己的儿子都没法爱了？埃莉诺·简小姐说。

不是，索菲亚说，我没这么对你说。我只是告诉你我没法爱你的儿子。你想怎么爱他就怎么爱他吧。不过你得准备接受一切后果。我们黑人就是这样生活的。

小雷诺兹·斯坦利现在爬到亨莉埃塔的脸上，淌着口水在吮她的脸，想要亲她。我心想，她一定马上就会把他打晕过去的。可她躺着纹丝不动，让他摸她，端详她。他隔一阵子就使劲往她的眼里看看。后来，他使劲一蹦，坐在她的胸口上嘻嘻地笑了起来。他拿起她的一张纸牌，塞到她的嘴里让她咬。

索菲亚走过来把他抱起来。

他没惹我，亨莉埃塔说，他让我觉得痒痒。

可他惹得我心烦，索菲亚说。

好吧，埃莉诺·简小姐一边把娃娃抱起来一边对他说，人家不要我们待在这儿。她说得怪伤心的，好像她没有地方可去了。

你为我做的事情，我都很感激，索菲亚说。她并不显得高兴，眼圈微微有些红。埃莉诺·简小姐和雷诺兹·斯坦利走了以后，她说，只有这种时候我才知道，这个世界并不是我们创造的。所有那些说大家要彼此相亲相爱的黑人都没认真想过他们讲的话。

还有什么可告诉你的？

你的姐姐还没有糊涂到要自杀的地步。我经常心里很不好受，可我从前也觉得难受极了，那又怎么样呢？我有一个叫耐蒂的好妹妹。我有一个叫莎格的好朋友。我有两个好孩子，在非洲长大，在唱歌，在写诗。头两个月可是真难熬，我得说实话。不过，莎格定的六个月早过去了，而她还没回来。我让自己死了心，不要去想得不到的东西。

何况，她让我过了好几个好年头。她在新生活里也学到了新的东西。她和杰曼现在住在她的一个孩子的家里。

　　亲爱的西丽，她在信里写道，我和杰曼到了亚利桑那州的图森，住在我一个孩子的家里。另外两个孩子也活着，挺有出息，可他们不想见我。有人告诉他们我过着邪恶的生活。这一个说，不管我是什么样的人，他要见见我，我怎么样也是他的妈妈。他住的这个地方大家住的房子都像是用泥巴糊的，叫土墙房。这下你该明白了吧，我在这儿住得很舒服（一笑）。他是个教员，在印第安人的保留地里工作。他们叫他"黑白人"。他们还专门有一个这样的词儿，他听了真不是味儿。不过，即使他告诉他们他不喜欢这样称呼他，他们还是不在乎。他们已经到了这种地步，陌生人讲的话毫无意义。不是印第安人的人对他们毫无用处。我看到他心情不好也很难过，但生活就是这么回事。

　　这是杰曼想出来的主意，让我去找我的孩子们。他发现我很喜欢打扮他，很喜欢摸他的头发，给他梳头。他不是出于恶意才提这个建议的。他只是说，要是我知道孩子们的日子过得怎么样，我也许会感到好受一些。

　　接待我们的这个儿子叫詹姆斯，他的妻子叫科拉·梅。他们有两个孩子，一个叫戴维斯，另外那个叫坎特雷尔。他说，他一直觉得他的妈妈（我的妈妈）①有点怪，因为她和大个子爸爸真老、真严肃，而且一举一动都有一定的规矩。即使这样，

---

①　由于莎格的孩子一直由她母亲抚养，所以孩子管姥姥叫"妈妈"。

他还是非常爱他们的,他说。

是啊,儿子,我对他说。他们能给人以爱。但我不光需要爱,我还需要了解。这方面他们有些欠缺。

他们已经死了,他说,八九年了。他们尽一切可能送我们上学。

你知道我从来不想我的爹妈。你知道我认为我心肠很硬。可现在,他们死了,我的孩子们都混得不错,我倒常常想起他们来。也许等我回来的时候,我会去他们的坟上供些鲜花。

哦,她现在几乎每个星期都给我写一封信。长长的、讲各种各样事情的信,好多她以为她早就忘掉了的事情。她还谈到沙漠、印第安人和石头山。我真希望我能跟她一起旅行,但我感谢上帝能让她到处旅行。有时候我很生她的气,气得想把她的头发一根根都揪下来。可后来我又一想:莎格有生活的权利,她有权跟她要好的人一起周游世界。我爱她并不等于我能剥夺她的权利。

我唯一不放心的是她从来不谈她什么时候回来。而我想她,真想念她和她的友情。如果她想带着杰曼一起回来的话,我一定两个人一起欢迎,拼命想办法热情欢迎他们。我算个什么人,哪有资格告诉她该爱哪个人,我只能真心实意地爱她。

前两天,某某先生问我,我为什么这么喜欢莎格。他说他喜欢她的作风。他说,说老实话,莎格干起事来,比大多数男人还要有男子气概。我是说,她正直,坦率,光明正大。她有话直说,才不管会不会天诛地灭,他说。你知道,他说,莎格很能斗争。就像索菲亚一样。不管天会不会塌下来,她要过她的日子,做她真心想做的人。

某某先生认为这些都是男人干的事。但哈波不是这样的人,我对他说。你也不是这样的人。在我看来,莎格很有女人的气质,她和索菲亚尤其有这种女人的气质。

索菲亚和莎格不像男人,他说,可她们也不像女人。

你是说,她们不像你和我。

她们总是坚持自己的信念,打不倒也压不垮,他说。这就是她们跟常人不一样的地方。

我最爱莎格因为她饱经风霜,我说。你只要看看莎格的眼睛就知道她哪儿都去过,什么都见过,什么都干过。现在她洞察一切。

这是真话,某某先生说。

如果你不躲开的话,她会没完没了地跟你谈这一切的。

但愿如此,他说。他接着说了几句让我大吃一惊的话,因为他的话既有深度,又很明了,合乎常理。他说,谈到人的肉体发生关系的话,别人的看法跟我的一样好。要是谈到爱情的话,我用不着猜测。我有爱情,我也得到过爱情。我感谢上帝,因为他让我明白,爱情并不因为有人呻吟哭泣就停止了。你爱莎格·艾弗里,我并不感到奇怪,他说。我这辈子一直在爱莎格·艾弗里。

什么样的砖头把你的脑袋砸清醒了?我问。

不是砖头,他说,是生活。你知道,人人迟早都会明白的。

他们只要活下去就会明白的。我开始明白过来还是很早以前，我向莎格承认我确实打过你，而我打你是因为你是你，不是她。

我告诉她的，我说。

我知道，他说，我并不怪你。要是骡子能说话也会告诉人它受的委屈。不过你是知道的，大多数女人喜欢听她们的情夫说他们打老婆，因为老婆不像她们那样。我和安妮·朱莉亚来往的时候，莎格就是这种样子。我们两人待我第一个老婆实在粗暴得不像话。安妮从来不告诉别人。她没人可告诉。她家的人把她嫁给我以后就好像已经把她扔到井里，或者从地球上清除了。我并不要娶她，我要娶莎格。可我爸爸是一家之主，他让我娶了他为我选的老婆。

可莎格马上替你说话，西丽，他说。她说，艾伯特，你在虐待我喜欢的人，我跟你的缘分从此断了。我简直不能相信，他说，我们两人一直像两把手枪一样打得火热。对不起，他说，不过，我们确实好得不得了。当时，我想打个哈哈，把话扯开。可她却十分认真。

我想逗她。我说，你不会喜欢又老又傻的西丽的。她又丑又瘦，跟你没法比。她连夫妻之道都不懂。

我这么说是有道理的，莎格说，从她对我讲的话来看，她没有必要行夫妻之道。你在她身上爬上爬下，像只大野兔。而且，她又加了一句，西丽说你总是脏乎乎的。她摆出一副瞧不起我的样子。

我那时真想宰了你，某某先生说。我确实打了你几次。我一直不明白你跟莎格怎么会那么要好，我看着真着急。要是她待你很尖刻，很厉害的话，我能想得通。可我老看见你们两个人在互相做头发，我实在担起心来了。

她对你还是有感情的，我说。

是啊，他说，她把我当兄弟看待。

这有什么不好？我问。难道她的兄弟不爱她？

他们是一帮小丑，他说，他们还像我当年那样，是一群大傻瓜。

唉，我说，我们要是想过得更好的话，我们总得从某个地方着手干起来。我们能对付的只有我们自己。

她离开你，我真替你难受，西丽。我记得她当年不要我的时候，我心里多么不好受。

接着，这个老东西用胳膊搂住我，和我站在门廊里，一声不出，十分安静。过了一阵，我把脑袋靠在他的肩膀上。就剩下我们两个了，我心想，两个失去爱情的老傻瓜在星星下面做伴。

有的时候，他向我打听我们的孩子。

我告诉他，你说过他们两人穿长袍，有点像我们的裙服。那天，我正在做衣服，他来看我，问起我的裤子究竟有什么特别的地方。

人人都可以穿，我说。

男人和女人不应该穿一样的东西，他说，男人才穿裤子。

我说，这句话你应该对非洲的男人说。

说什么？他问。这是他第一次考虑非洲人干些什么事。

非洲人总是穿在炎热天气下穿着舒服的东西,我说,当然,传教士对他们该穿些什么有自己的看法。不过,如果非洲人能顺着自己心意办的话,耐蒂说他们有时候穿得很少,有时候又穿得挺多。不过,男人和女人都喜欢穿舒服的裙衫。

你以前说是袍子,他说。

袍子,裙衫。反正不穿裤子。

唔,他说。真想不到。

男人在非洲还做针线活呢,我说。

他们做针线活?他问。

对啊,我说,他们不像这儿的男人那么落后。

我小时候常和妈妈一起做针线活,因为她一天到晚就干这个。大家都笑我。可你知道,我喜欢做针线活。

哦,现在没人会笑你了,我说。来,帮我把这些口袋缝起来。

可我不会,他说。

我来教你,我说。我真的教他缝口袋了。

现在,我们一块儿坐着做针线活,聊天,抽烟斗。

你猜怎么着,我对他说,耐蒂和我的孩子住的那个非洲地方,大家认为白人是黑人的子女。

不会吧,他说话口气好像他对我的话挺感兴趣,其实他一心想的是下一针该怎么缝。

亚当一到那儿,他们就给他另外起了个名字。他们说耐蒂以前的传教士给他们讲了亚当的故事,不过是从白人的角度讲了他们知道的事情。可非洲人有自己的看法,他们知道亚当是谁。很久很久以前他们就知道了。

他是谁?某某先生问。

第一个白人。不是第一个人。他们说,没有人会疯疯癫癫地认为他们说得明白谁是天下第一个人。但大家都会注意到第一个白人,因为他是白的。

某某先生皱皱眉头,看看我们有的各种颜色的线团。穿了一根线,舔舔手指,把线头打了个结。

他们说,在亚当以前,人人都是黑人。后来有一天,一个女人生了这个没颜色的娃娃,他们马上把那个女人杀了。他们最初以为这跟她吃的东西有关系。可后来,又有个女人生了个白娃娃,女人还开始生起双胞胎来。大家把白娃娃和双胞胎都弄死了。因此,亚当其实不是第一个白人男人。他不过是大家没杀掉的那个人。

某某先生望着我,认真地考虑我的话。你知道,谈到他的相貌,他长得并不难看。现在,他脸上的表情好像说明他还挺有感情的。

你知道,我说,今天还有黑人得那种所谓的白化病。可你从来没听说有白人得什么黑化病,除非黑人跟他们鬼混过。而当初,在这一切发生的时候,非洲并没有白人。

这些奥林卡人是从白人传教士那里听到亚当和夏娃的故事的,蛇怎么骗的夏娃,上帝又是怎么把他们赶出伊甸园的。他们很好奇,真的想听这些故事,因为他们把白孩子赶出奥林卡村庄以后从来没想过他们。耐蒂说,这些非洲人都是眼不见,心不想。还有,他们不喜欢与众不同的东西和非同一般的行为。他们要大家在各方面都完全一个样。因此,白皮肤的人待不长。她说,在她看来,非洲人把白皮肤的奥林卡人赶出去,就是因为他们长得跟别人不一样。他们把我们赶出来——我们这些变成黑奴的人——是因为我们说的话做的事和他们不一样。好像我们不管怎么想办法总是做得不对头。喏,你知道黑鬼是怎么回事。就是在今天,他们还是什么人的话都不听。他们不受束缚。你知道,每个黑鬼的头脑里都有他自己的王国。

你猜还有什么,我对某某先生说,传教士谈到亚当和夏娃赤身裸体一丝不挂的时候,奥林卡人都哈哈大笑了。尤其在传教士劝他们穿上衣服的时候。他们告诉传教士,是他们把亚当和夏娃赶出村外的,因为他俩光着身子一丝不挂。在他们的语言里,"白"就是赤身裸体。但他们并不赤身裸体,因为他们身上有颜色。他们说,一看见白人就知道他光着身子,但是黑人不可能赤身裸体,因为他们不可能是白皮肤。

是啊,某某先生说,可他们错了。

说得对,我说,亚当和夏娃证明他们是错了。不管他们干过些什么,奥林卡人赶出去的是自己的亲骨肉,而且只是因为他们跟大家有点不一样。

我敢打赌,他们今天还会做出这样的事情的,某某先生说。

是啊,听耐蒂说,非洲人简直一塌糊涂。他们知道《圣经》上说过,果子不会落在离树太远的地方。还有,我说,你猜他们说蛇是谁?

当然是我们啰,某某先生说。

对,我说,白人站在他们的祖先一边。他们被赶了出来,还被说成是赤条条的一丝不挂,他们气坏了,决心不管在哪儿遇到我们,一定要像打蛇一样把我们踩在脚下。

你觉得是这么回事吗?某某先生问。

这是那些奥林卡人说的话。他们说得好像他们知道白皮肤孩子生出来以前的事情,也知道这些孩子中最大的走了以后的事情。他们说他们了解这些挺特别的孩子,这些人是要互相残杀的,他们现在还很生气,因为没人要他们。他们还要杀掉很多别的有点颜色的人。他们会杀掉地球上很多生物,很多黑人,结果大家都会恨他们,就像他们今天恨我们一样。那时候,他们就变成蛇了。哪儿有人找到一个白人,他就会被不是白人的人踩在脚下,就像他们现在对付我们一样。有的奥林卡人相信,生活就会这样永远永远延续下去。隔那么一百万年,地球会出点事儿,大家的长相就会变。总有一天,人会长出两个脑袋。那时候,长一个脑袋的人就会把长两个脑袋的人送到某个地方去。不过,也有人不这么想。他们认为,等白人的大头头都死光了的时候,不让人变成蛇的唯一的办法是彼此相信大家都是上帝的孩子,一个母亲生的同胞兄弟,不管长得怎么样,干些什么事情,他们都是亲兄弟。你猜关于蛇还有什么说法?

什么说法?他问。

奥林卡人崇敬蛇。他们说,谁知道呢,也许蛇是我们的亲人,反正蛇是他们见到的东西中最聪明、最干净、最圆滑的,这一点是可以肯定的。

这些人真有时间坐下来琢磨,某某先生说。

耐蒂说他们真会想问题,我说。不过他们总是从千万年的角度来看问题,因此要想弄清楚一个问题也很难。

他们给亚当起了个什么名字?

听起来像奥马唐古,我说。这个字的意思是,一个跟上帝创造的第一个人挨得很近而又知道自己是谁的并不赤身裸体的人。第一个人成为人以前已经有很多人了,可他们并没注意到他是光着身子赤条条的。你明白吗,让有些人注意到一件事情得花很长的时间,我说。

我就花了很长的时间才发现跟你在一起真有意思,他说完笑了起来。

他不是莎格,但我渐渐地跟他有话可说了。

尽管电报上说你一定淹死了,我还不断收到你的来信。

你的姐姐西丽

亲爱的西丽:

两个半月以后,亚当和塔希回来了!亚当在白人女传教士住的村子边上追上了塔希和她的母亲还有我们大院里的另外几个人。可是塔希不肯回来,凯萨琳也不想回来,所以亚当就陪他们去母布雷人的营地。

哎哟,他说,那儿可真是个特别的地方!

你知道,西丽,在非洲,有个地方是凹下去的,叫大裂谷,但那是在非洲的另一头,不在我们住的地方。可是,亚当说,在我们这边有个"小"裂谷,有几千英亩大,比那个有上百万英亩的大裂谷还要深。亚当认为这地方在地底下太深了,只有从天上望下去才看得见,而且看上去像个形状特别的峡谷。就在这个形状特别的峡谷里有一千个来自不同部落的非洲人,甚至还有一个黑人——亚当发誓说——一个从亚拉巴马来的黑人!母布雷人的营地有农场、学校、医院、一所寺庙,还有男女斗士,他们确实外出执行任务,破坏白人的种植园。

不过我对亚当和塔希的话的评论是,这一切讲起来很了不起,可在里面生活并不见得那么有意思。他们两人心心相印,因此觉得一切都无比美好。

我真希望你能看到他们跌跌撞撞走进大院时的模样。脏得跟猪似的,头发像乱稻草,又累又困,一身臭味。天知道成什么样了。可两人还在拌嘴。

不要以为我跟你回来了,我就同意嫁给你了,塔希说。

哦,当然你要嫁给我的,亚当并不示弱,一边打哈欠一边说。你答应过你的妈妈,我也答应了你的妈妈。

在美国,没有人会喜欢我,塔希说。

我会喜欢你的,亚当说。

奥莉维亚冲了过去,一把搂住了塔希。然后她又四处奔跑,忙着做饭，烧洗澡水。

昨天晚上，等塔希和亚当睡了足足一天以后，我们全家开了个会。我们告诉他们，因为我们村里很多人都去投奔母布雷人了，种植园主开始从北方招穆斯林来干活了，而我们也到了该走的时候，我们在几星期内就要离开这儿回家去了。

亚当宣布他打算和塔希结婚。

塔希宣布她不想结婚。

她诚实坦率地说明她不想结婚的理由，主要是因为她脸上有疤痕，美国人会因此把她当成野人，会躲开她和她跟亚当生的孩子。她从家里寄给我们的杂志里读到过这种事情，她很清楚黑人并不喜欢像她那种黑皮肤的黑人，尤其不欣赏黑皮肤的黑女人。她们要把脸漂白，她说，染头发，尽可能打扮得像是赤身裸体。

还有，她接着说，我怕亚当会变心，迷上一个看上去好像赤身裸体的女人，把我抛弃掉。那时候，我就变得没有国家，没有人民，没有母亲，没有丈夫，连兄弟都没有了。

你会有个姐妹的，奥莉维亚说。

这时候，亚当开口了。他请塔希原谅他以前对她文面所采取的愚蠢的态度，还请她原谅他对庆祝女孩成长为妇女的仪式的厌恶心情。他向塔希保证，他只爱她一人，她在美国会有国家、人民、父母、姐妹、丈夫、兄弟和爱人的，不管她在美国经历什么样的遭遇，他一定跟她同生死共患难。

多好啊，西丽。

第二天,儿子来看我们的时候,脸上出现跟塔希脸上相似的疤痕。

他们真幸福,幸福极了,西丽。塔希和亚当·奥曼唐古非常幸福。

当然,塞缪尔为他们主持婚礼,大院里剩下的人都来祝他们幸福,永远拥有大量的屋顶树叶。奥莉维亚为新娘做伴娘,亚当的一个朋友——他年纪太大没法去投奔母布雷人——为亚当做伴郎。婚礼结束以后,我们马上离开大院,搭一辆卡车到通向大海的海边小港去乘船。

再过几个星期,我们就都到家了。

爱你的妹妹耐蒂

亲爱的耐蒂：

某某先生近来老给莎格打电话。他说，他刚告诉她我的妹妹一家人都失踪了，她和杰曼马上赶到国务院去打听出了什么事。他说莎格说的，她一想到我在这儿因为什么都不清楚而痛苦万分，她就难受得要命。可是他们在国务院没打听出什么名堂，在国防部也没问出什么结果。这是一场大战争。千头万绪，什么情况都有。我猜一条船失踪了，这简直不算一回事儿。况且，对那些人来说，黑人不足为道。

反正，他们不知道。他们从前不知道，将来也不会知道。那又怎么样？我知道你在回家的路上，也许你要到我九十岁了才到家，不过我相信总有一天我又会和你见面的。

我雇了索菲亚在店里当营业员。我留用了阿方索以前雇的那个白人，让他经管店里的业务，但让索菲亚去店里接待黑人顾客，因为以前商店里从来没人侍候他们，商店里还从来没有人好好接待过黑人。索菲亚还挺会卖东西的，她摆出架势好像她对你买不买东西并不在乎，又不是剥她鼻子上的皮。可等你真的决定要买了，她就会跟你说上几句好听话。她把那个白人吓得够呛。对别的黑人他都亲近，叫她们大姨、大姑。他第一次叫索菲亚大姨的时候，她问他，他妈妈的姐姐嫁给哪个黑人了。

我问哈波，要是索菲亚工作的话，他是不是会计较。

我有什么好计较的，他说，她好像干得挺高兴。家里的事，我都能对付。反正,他说,要是亨莉埃塔需要吃什么特别的饭食的话,要是她生病的话,索菲亚已经给我找了个人来帮点忙。

对,索菲亚说,埃莉诺·简小姐会常来看看亨莉埃塔的,她答应隔一天给她煮一点她肯吃的东西。你知道白人的厨房里有种机器。她用甘薯做出来的东西你都不敢相信是甘薯。上个星期她做了甘薯冰激凌。

这是怎么回事?我问。我以为你们两人不再来往了。

哦,索菲亚说,她总算回过味儿来了,想起来去问她妈妈,我怎么会上她们家干活的。

不过,我不相信她会老来帮忙的,哈波说。你知道,他们这种人是怎么回事。

她家里的人知道吗,我问。

知道,索菲亚说,你知道他们会说些什么话。他们胡说八道,说什么谁听说过白人给黑鬼干活。她对他们说,谁听说过像索菲亚这样的人给废物干活。

她带着雷诺兹·斯坦利一起来吗?我问。

亨莉埃塔说她不讨厌他。

哼,哈波说,我相信要是她丈夫家的人反对她帮你的忙,她就得走。

让她走好了,索菲亚说,她帮我干活不是为了拯救我。要是她还不明白她自己迟早会死,会接受上帝审判的话,她简直都别活了。

对,你总有我在支持你的,哈波说,你做的每个判断我都同意。他走上前去,吻吻她鼻梁上缝过的地方。

索菲亚甩了一下脑袋。人人都会从生活里学到点东西,她说。他们两人都笑了。

谈起学习。有一天某某先生和我在门廊里做针线活的时候,他对我说,好久以前,我老是坐在门廊这个地方望着栏杆外面,那时候,我开始学到东西了。

我难受得要命,心里不痛快。我不明白,我们活在世上一多半的时间过得很痛苦,我们干吗还要活。我一辈子只想要莎格·艾弗里,他说,她一度在生活里也只要我。可我们不能白头到老,他说,我娶了安妮·朱莉亚。后来又娶了你,生了一群混账孩子。她嫁给格雷迪,谁知道还有什么人。不过,看来她混得比我好。爱莎格的人很多,爱我的只有莎格一个人。

难怪有人爱莎格,我说,她懂得怎么报答爱她的人。

你离开我以后,我想好好教育我的孩子,可是已经太晚了。博布来跟我住了两个星期,把我的钱全偷走了,醉倒在门廊里。我的女儿一心只想男人和教会,她们连话都不会讲。她们一张嘴就是求我答应她们一件事。我的心都快给折磨碎了。

你要是能觉得心里不好受,我说,那就说明你的心并没像你想的那样碎。

反正,他说,你知道是怎么回事吧。你问自己一个问题,结果引出一大串问题。我开始琢磨,我们为什么要爱情,我们为什么会受苦,我们为什么是黑人,我们为什么分男人和女人,孩子到底是从哪儿来的。没过多久我就明白了,我其实什么都不知道。我还发现，要是你光问为什么自己是黑人，是男人，是女人，是棵树，而不先问问为什么你活在人世的话，这种问题就一点意思都没有。

那你是怎么想的？我问。

我想我们活在世上就是来想问题的，来琢磨、来发问的。在琢磨和思考大事情的时候，你学到小事情，差不多都是碰巧发现的。可是，对于那些大事情，你不管怎么琢磨，总是只知道那么多。我越琢磨，他说，我越爱大家。

我敢说，别人也就爱起你来了，我说。

对极了，他有点吃惊地说。哈波好像喜欢我了，索菲亚和孩子们也爱上我了。我想连老坏蛋亨莉埃塔也多少有点喜欢我，不过这是因为她知道，在我看来，她就像月亮上的人一样琢磨不透。

某某先生正忙着设计配我裤子穿的衬衣式样。

一定要有口袋，他说。袖子一定要肥大。而且穿着一定不能打领带。有人打着领带看上去就好像他们正在受私刑，要被绞死。

就在我发现我没有莎格也能活得很快活的时候，就在某某先生又向我求婚要我嫁给他的时候——这一次，不光是肉体的结合，而且还要心心相通——就在我说不，我还是不喜欢青蛙，但我们可以做朋友的时候，莎格写信来说，她马上要回家来啦。

哎呀。这是生活吗？

我很平静。

她如果来的话,我很高兴。她如果不来的话,我也心满意足。

我想,这就是我该学的一课。

欸,西丽,她走下汽车,她打扮得跟个电影明星似的。她说,我想你比想亲妈还要厉害。

我们紧紧拥抱。

进来吧,我说。

啊,这屋子真不错,我们走到她屋子的时候她说。你知道,我喜欢粉红色。

我还给你买了些大象和乌龟,货快到了,我说。

你的房间在哪儿?她问。

在走廊的尽头,我说。

我们去看看,她说。

喏,就是这一间,我站在门口说。我的房间都是紫色和大红色,只有地板漆成鲜黄色。她一进门就走到壁炉架边上,去看那只紫色的小青蛙。

这是什么?她说。

哦,我说,艾伯特给我刻的小玩意儿。

她看了我好几分钟,模样有点古怪,我也看着她。我们都笑了。

杰曼在哪儿?我问。

在上大学,她说,韦尔伯福斯学院。我不能让他白白浪费他的才华。不过,我们两人吹了,她说,他现在觉得是一家人了,像是我的儿子,也许像是孙子。你和艾伯特在搞些什么名堂?她问。

没干什么,我说。

她说,我了解艾伯特,我敢打赌他有鬼心眼,而你也红光满面,气色好极了。

我们做做针线活,随便聊聊天。

怎么随便法?她问。

你知道什么呀?我心想,莎格吃醋了。我真想编出一套让她难受难受。不过我没那么做。

我们谈到你,我说,谈我们多爱你。

她笑了,走过来把脑袋靠在我胸口上,长长地吁了一口气。

你的姐姐西丽

亲爱的上帝。亲爱的星星,亲爱的树木,亲爱的天空,亲爱的人们。亲爱的一切。亲爱的上帝。

感谢你把我的妹妹耐蒂和我的孩子们送回家来。

不知道那边来的是谁?艾伯特抬起头望着大路说。我们看到那边尘土飞扬。

我和他还有莎格正吃过晚饭坐在门廊里闲聊天。话不多,摇摇躺椅,摇摇扇子赶苍蝇。莎格提到她不想公开卖唱了——也许只在哈波酒吧里唱一两个晚上。她想到退休。艾伯特说他要她穿上他做的衬衣看看好不好。我谈到亨莉埃塔,索菲亚,我的花园和我的店铺,买卖的情况。我做针线活做惯了,我把一堆碎布缝了起来,看看能缝出个什么东西。六月底,天气挺凉快的,跟艾伯特和莎格一起坐在门廊里也是个乐趣。下星期就是七月四日①了,我们打算在我家院子里全家欢聚一番。我们只希望天气还是这么凉快。

也许是邮递员,我说,不过他的车开得有点太快了。

也许是索菲亚,莎格说,你知道她开起车来像发了疯一样。

可能是哈波,艾伯特说,不过不是他。

这时候,汽车停在院子里的树底下,一群穿得像老古董似的人走下车子。

一个身材高大的白头发男人,他的白领子是在后边开口

---

① 美国独立纪念日。

的[1]；一个小个子胖墩墩的女人，头发编成辫子盘在头顶上；一个高个子的年轻人，还有两个长得很结实的年轻妇女。白头发男人对汽车司机说了几句话，汽车开走了。他们站在汽车道边上，脚边上都是箱子啊，旅行袋啊，还有各种各样的东西。

我的心提到嗓子眼里，我动弹不得。

是耐蒂啊，艾伯特站起身子说。

站在汽车道边上的那群人都抬起头来看我们。他们看看房子，看看院子，看看莎格和艾伯特的汽车，他们看看四周的田地，他们开始慢慢地顺着小道朝房子走来。

我怕极了，不知该怎么办才好。我的脑袋好像发木了。我想讲话，可出不了声。我想站起来，差点没摔倒。莎格伸过手来搀了我一把，艾伯特扶住我的胳膊。

耐蒂走上门廊的时候，我差点没昏死过去。我摇摇晃晃地站在艾伯特和莎格的中间。耐蒂摇摇晃晃地站在塞缪尔和我猜一定是亚当的中间。我们两人放声大哭。我们俩跌跌绊绊地向对方冲过去，跟我们当年还是娃娃的时候一样。我们两人都浑身发软，刚一拥抱就互相撞倒了。可我们不管那一套，我们坐了下来互相搂着，躺在门廊里。

过了半天她说，*西丽*。

我叫了一声，*耐蒂*。

又过了一会儿，我们往四下看看，只见很多人的膝盖。

---

[1] 指牧师戴的假领。

耐蒂没有放开手,她还是搂着我的腰。她指指点点说,这是我丈夫塞缪尔。这些是我们的孩子奥莉维亚、亚当和亚当的妻子塔希。

我指指我的人。这是莎格,这是艾伯特。

人人都说,看见你真高兴。接着莎格和艾伯特挨着个儿拥抱他们。

我和耐蒂总算从门廊里站了起来,我搂住我的孩子,我亲亲塔希,我和塞缪尔拥抱。

我们老是在七月四日吃团圆饭,亨莉埃塔噘着嘴不满意地说,真热。

七月四日,白人都忙着庆祝他们从英国取得独立,哈波说,大多数的黑人就不用干活了。这一天我们可以互相庆贺。

哎哟,哈波,玛丽·阿格纽斯啜一口柠檬汁说,我都不知道你还懂历史。她和索菲亚在做土豆色拉。玛丽·阿格纽斯是来接苏齐蔻的。她早就离开了格雷迪,搬回孟菲斯和她妈、她姐住在一起。她工作的时候,她们照顾苏齐蔻。她有很多新歌,她说,唱起来也不那么吃力了。

我跟格雷迪好了一阵子以后我的脑子不能思考了,她说,他对孩子的影响也不好。当然,我也不是什么好榜样,她说,大麻抽得太多了。

人人都夸奖塔希。大家看看她和亚当脸上的疤痕并不在意,好像这是他们自己的事情,跟别人没关系。大家都说,真没想到非洲女人能长得这么俊。他们两人真是天造地设,好极了。他们讲的话有点怪,不过我们已经习惯了。

你在非洲的亲人最喜欢吃什么?我们问。

她有些害臊,脸有些红,说了一句,*烤肉*。

大家哈哈大笑,都给她再夹一块。

我在孩子跟前有点别扭。他们长大成人了。我看得出来,他们认为我、耐蒂、莎格、艾伯特、塞缪尔、哈波、索菲亚、杰克、奥德莎都太老了,不太懂得身边发生的事情。不过,我并不认为我们老了,我们真快活。事实上,我觉得我们从来没像现在这么年轻过。

阿门!

我感谢书中每个人物前来我的笔端。

艾·沃，作者与媒介